Arthur Schnitzler

Spiel im Morgengrauen

Arthur Schnitzler: Spiel im Morgengrauen

Erstdruck: Berliner Illustrierte Zeitung, XXXV. und XXXVI. Jahrgang, 5. Dezember 1926–29. Januar 1927.

Neuausgabe mit einer Biographie des Autors
Herausgegeben von Karl-Maria Guth
Berlin 2016

Der Text dieser Ausgabe folgt:
Arthur Schnitzler: Gesammelte Werke. Die erzählenden Schriften, 2 Bände, Frankfurt a.M.: S. Fischer Verlag, 1961.

Die Paginierung obiger Ausgabe wird hier als Marginalie zeilengenau mitgeführt.

Umschlaggestaltung von Thomas Schultz-Overhage unter Verwendung des Bildes: Paul Cézanne, Kartenspieler, 1893

Gesetzt aus der Minion Pro, 11 pt

Verlag: Henricus - Edition Deutsche Klassik GmbH
Mörchinger Str. 33, 14169 Berlin, info@henricus-verlag.de
Druck: Libri Plureos GmbH, Friedensallee 273, 22763 Hamburg

Die Ausgaben der Sammlung Hofenberg basieren auf zuverlässigen Textgrundlagen. Die Seitenkonkordanz zu anerkannten Studienausgaben machen Hofenbergtexte auch in wissenschaftlichem Zusammenhang zitierfähig.

ISBN 978-3-8619-9572-2

Bibliografische Information der Deutschen Nationalbibliothek

Die Deutsche Nationalbibliothek verzeichnet diese Publikation in der Deutschen Nationalbibliografie; detaillierte bibliografische Daten sind im Internet über www.dnb.de abrufbar.

I.

»Herr Leutnant! … Herr Leutnant! … Herr Leutnant!« Erst beim dritten Anruf rührte sich der junge Offizier, reckte sich, wandte den Kopf zur Tür; noch schlaftrunken, aus den Polstern, brummte er: »Was gibt's?« dann, wacher geworden, als er sah, daß es nur der Bursche war, der in der umdämmerten Türspalte stand, schrie er: »Zum Teufel, was gibt's denn in aller Früh'?«

»Es ist ein Herr unten im Hof, Herr Leutnant, der den Herrn Leutnant sprechen will.«

»Wieso ein Herr? Wie spät ist es denn? Hab' ich Ihnen nicht g'sagt, daß Sie mich nicht wecken sollen am Sonntag?«

Der Bursche trat ans Bett und reichte Wilhelm eine Visitenkarte.

»Meinen Sie, ich bin ein Uhu, Sie Schafskopf, daß ich im Finstern lesen kann? Aufzieh'n!«

Noch ehe der Befehl ausgesprochen war, hatte Joseph die inneren Fensterflügel geöffnet und zog den schmutzig-weißen Vorhang in die Höhe. Der Leutnant, sich im Bette halb aufrichtend, vermochte nun den Namen auf der Karte zu lesen, ließ sie auf die Bettdecke sinken, betrachtete sie nochmals, kraulte sein blondes, kurz geschnittenes, morgendlich zerrauftes Haar und überlegte rasch: »Abweisen? – Unmöglich! – Auch eigentlich kein Grund. Wenn man wen empfängt, das heißt ja noch nicht, daß man mit ihm verkehrt. Übrigens hat er ja nur wegen Schulden quittieren müssen. Andere haben halt mehr Glück. Aber was will er von mir?« – Er wandte sich wieder an den Burschen: »Wie schaut er denn aus, der Herr Ober –, der Herr von Bogner?«

Der Bursche erwiderte mit breitem, etwas traurigem Lächeln: »Melde gehorsamst, Herr Leutnant, Uniform ist dem Herrn Oberleutnant besser zu G'sicht gestanden.«

Wilhelm schwieg eine Weile, dann setzte er sich im Bett zurecht: »Also, ich laß bitten. Und der Herr – Oberleutnant möcht' freundlichst entschuldigen, wenn ich noch nicht fertig angezogen bin, – Und hören S' – für alle Fälle, wenn einer von den anderen Herren fragt, der Oberleutnant Höchster oder der Leutnant Wengler oder der Herr Hauptmann oder sonstwer – ich bin nicht mehr zu Haus – verstanden?«

Während Joseph die Tür hinter sich schloß, zog Wilhelm rasch die Bluse an, ordnete mit dem Staubkamm seine Frisur, trat zum Fenster, blickte in den noch unbelebten Kasernenhof hinab; und als er den einstigen Kameraden unten auf und ab gehen sah, mit gesenktem Kopf, den steifen, schwarzen Hut in die Stirne gedrückt, im offenen, gelben Überzieher, mit braunen, etwas bestaubten Halbschuhen, da wurde ihm beinah weh ums Herz. Er öffnete das Fenster, war nahe daran, ihm zuzuwinken, ihn laut zu begrüßen; doch in diesem Augenblick war eben der Bursche an den Wartenden herangetreten, und Wilhelm merkte den ängstlich gespannten Zügen des alten Freundes die Erregung an, mit der er die Antwort erwartete. Da sie günstig ausfiel, heiterten sich Bogners Mienen auf, er verschwand mit dem Burschen im Tor unter Wilhelms Fenster, das dieser nun schloß, als wenn die bevorstehende Unterredung solche Vorsicht immerhin verlangen könnte. Nun war mit einem Male der Duft von Wald und Frühjahr wieder fort, der in solchen Sonntagsmorgenstunden in den Kasernenhof zu dringen pflegte und von dem an Wochentagen sonderbarerweise überhaupt nichts zu bemerken war. Was immer geschieht, dachte Wilhelm – was soll denn übrigens geschehen?! – nach Baden fahr' ich heute unbedingt und speise zu Mittag in der »Stadt Wien« – wenn sie mich nicht wie neulich bei Keßners zum Essen behalten sollten. »Herein!« Und mit übertriebener Lebhaftigkeit streckte Wilhelm dem Eintretenden die Hand entgegen. »Grüß dich Gott, Bogner. Es freut mich aber wirklich. Willst nicht ablegen? Ja, schau' dich nur um; alles wie früher. Geräumiger ist das Lokal auch nicht geworden. Aber Raum ist in der kleinsten Hütte für ein glücklich ...«

Otto lächelte höflich, als merke er Wilhelms Verlegenheit und wollte ihm darüber weghelfen. »Hoffentlich paßt das Zitat für die kleine Hütte manchmal besser als in diesem Augenblick«, sagte er.

Wilhelm lachte lauter, als nötig war. »Leider nicht oft. Ich leb' ziemlich einschichtig. Wenn ich dich versicher', sechs Wochen mindestens hat diesen Raum kein weiblicher Fuß betreten. Der Plato ist ein Waisenknabe gegen mich. Aber nimm doch Platz.« Er räumte Wäschestücke von einem Sessel aufs Bett. »Und darf ich dich vielleicht zu einem Kaffee einladen?« 506

»Danke, Kasda, mach' dir keine Umstände. Ich hab' schon gefrühstückt ... Eine Zigarette, wenn du nichts dagegen hast ...«

Wilhelm ließ nicht zu, daß Otto sich aus der eigenen Dose bediente, und wies auf das Rauchtischchen, wo eine offene Pappschachtel mit Zigaretten stand. Wilhelm gab ihm Feuer, Otto tat schweigend einige Züge, und sein Blick fiel auf das wohlbekannte Bild, das an der Wand über dem schwarzen Lederdiwan hing und eine Offizierssteeplechase aus längst verflossenen Zeiten vorstellte.

»Also, jetzt erzähl'«, sagte Wilhelm, »wie geht's dir denn? Warum hat man so gar nichts mehr von dir gehört? – Wie wir uns – vor zwei Jahren oder drei – Adieu gesagt haben, hast du mir doch versprochen, daß du von Zeit zu Zeit –«

Otto unterbrach ihn: »Es war vielleicht doch besser, daß ich nichts hab' von mir hören und sehen lassen, und ganz bestimmt wär's besser, wenn ich auch heut nicht hätt' kommen müssen.« Und, ziemlich überraschend für Wilhelm, setzte er sich plötzlich in die Ecke des Sofas, in dessen anderer Ecke einige zerlesene Bücher lagen –: »Denn du kannst dir denken, Willi«, – er sprach hastig und scharf zugleich – »mein Besuch heute zu so ungewohnter Stunde – ich weiß, du schläfst dich gern aus an einem Sonntag –, dieser Besuch hat natürlich einen *Zweck,* sonst hätte ich mir natürlich nicht erlaubt – kurz und gut, ich komm', an unsere alte Freundschaft appellieren – an unsere Kameradschaft darf ich ja leider nicht mehr sagen. Du brauchst nicht blaß zu werden, Willi, es ist nicht gar so gefährlich, es handelt sich um ein paar Gulden, die ich halt morgen früh haben muß, weil mir sonst nichts übrigbliebe als –« seine Stimme schnarrte militärisch in die Höhe –, »na – was vielleicht schon vor zwei Jahren das Gescheiteste gewesen wäre.«

»Aber, was red'st denn da«, meinte Wilhelm im Ton freundschaftlich-verlegenen Unwillens.

Der Bursche brachte das Frühstück und verschwand wieder. Willi schenkte ein. Er verspürte einen bitteren Geschmack im Mund und empfand es unangenehm, daß er noch nicht dazu gekommen war, Toilette zu machen. Übrigens hatte er sich vorgenommen, auf dem Weg zur Eisenbahn ein Dampfbad zu nehmen. Es genügte ja vollkommen, wenn er gegen Mittag in Baden eintraf. Er hatte keine bestimmte Abmachung; und wenn er sich verspätete, ja, wenn er gar nicht käme, es würde keinem Menschen sonderlich auffallen, weder den Herren im Café Schopf, noch dem Fräulein Keßner; vielleicht eher noch ihrer Mutter, die übrigens auch nicht übel war.

»Bitt' schön, bedien' dich doch«, sagte er zu Otto, der die Tasse noch nicht an die Lippen gesetzt hatte. Nun nahm er rasch einen Schluck und begann sofort: »Um kurz zu sein: du weißt ja vielleicht, daß ich in einem Büro für elektrische Installation angestellt bin, als Kassierer, seit einem Vierteljahr. Woher sollst du das übrigens wissen? Du weißt ja nicht einmal, daß ich verheiratet bin und einen Buben hab' – von vier Jahren. Er war nämlich schon auf der Welt, wie ich noch bei euch war. Es hat's keiner gewußt. Na also, besonders gut ist es mir die ganze Zeit über nicht gegangen. Kannst dir ja denken. Und besonders im vergangenen Winter – der Bub war krank –, also, die Details sind ja weiter nicht interessant – da hab' ich mir etliche Male aus der Kasse was ausleihen müssen. Ich hab's immer rechtzeitig zurückgezahlt. Diesmal ist's ein bissel mehr geworden als sonst, leider, und«, er hielt inne, indes Wilhelm mit dem Löffel in seiner Tasse rührte, »und das Malheur ist außerdem, daß am Montag, morgen also, wie ich zufällig in Erfahrung gebracht habe, von der Fabrik aus eine Revision stattfinden soll. Wir sind nämlich eine Filiale, verstehst du, und es sind ganz geringfügige Beträge, die bei uns ein- und ausgezahlt werden; es ist ja auch wirklich nur eine Bagatelle – die ich schuldig bin –, neunhundertsechzig Gulden. Ich könnte sagen tausend, das käm' schon auf eins heraus. Es sind aber neunhundertsechzig. Und die müssen morgen vor halb neun Uhr früh dasein, sonst – na – also, du erwiesest mir einen wirklichen Freundschaftsdienst, Willi, wenn du mir diese Summe –« Er konnte plötzlich nicht weiter. Willi schämte sich ein wenig für ihn, nicht so sehr wegen der kleinen Veruntreuung oder – Defraudation, so mußte man's ja wohl nennen, die der alte Kamerad begangen, sondern vielmehr, weil der ehemalige Oberleutnant Otto von Bogner – vor wenigen Jahren noch ein liebenswürdiger, wohlsituierter und schneidiger Offizier – bleich und ohne Haltung in der Diwanecke lehnte und vor verschluckten Tränen nicht weiterreden konnte.

Er legte ihm die Hand auf die Schulter. »Geh, Otto, man muß ja nicht gleich die Kontenance verlieren«, und da der andere auf diese nicht sehr ermutigende Einleitung hin mit trübem, fast erschrecktem Blick zu ihm aufsah – »nämlich, ich selber bin so ziemlich auf dem trockenen. Mein ganzes Vermögen beläuft sich auf etwas über hundert Gulden. Hundertzwanzig, um ganz so genau zu sein wie du. Die stehen dir natürlich bis 508 auf den letzten Kreuzer zur Verfügung. Aber wenn wir uns ein bißl anstrengen, so müssen wir doch auf einen Modus kommen.«

Otto unterbrach ihn. »Du kannst dir denken, daß alle sonstigen – Modusse bereits erledigt sind. Wir brauchen also die Zeit nicht mit unnützem Kopfzerbrechen zu verlieren, um so weniger, als ich schon mit einem bestimmten Vorschlage komme.«

Wilhelm sah ihm gespannt ins Auge.

»Stell' dir einmal vor, Willi, du befändest dich selbst in einer solchen Schwulität. Was würdest du tun?«

»Ich versteh' nicht recht«, bemerkte Wilhelm ablehnend.

»Natürlich, ich weiß, in eine fremde Kasse hast du noch nie gegriffen – so was kann einem nur in Zivil passieren. Ja. Aber schließlich, wenn du einmal aus einem – weniger kriminellen Grund eine gewisse Summe dringend benötigtest, an wen würdest du dich wenden?«

»Entschuldige, Otto; darüber hab' ich noch nicht nachgedacht, und ich hoffe … Ich hab' ja auch manchmal Schulden gehabt, das leugne ich nicht, erst im vorigen Monat, da hat mir der Höchster mit fünfzig Gulden ausgeholfen, die ich ihm natürlich am Ersten retourniert habe. Drum geht's mir ja diesmal so knapp zusammen. Aber tausend Gulden – tausend – ich wüßte absolut nicht, wie ich mir die verschaffen könnte.«

»Wirklich nicht?« sagte Otto und faßte ihn scharf ins Auge.

»Wenn ich dir sag'.«

»Und dein Onkel?«

»Was für ein Onkel?«

»Dein Onkel Robert.«

»Wie – kommst du auf den?«

»Es liegt doch ziemlich nahe. Der hat dir ja manchmal ausgeholfen. Und eine regelmäßige Zulage hast du doch auch von ihm.«

»Mit der Zulage ist es längst vorbei«, erwiderte Willi ärgerlich über den in diesem Augenblick kaum angemessenen Ton des einstigen Kameraden. »Und nicht nur mit der Zulage. Der Onkel Robert, der ist ein Sonderling geworden. Die Wahrheit ist, daß ich ihn mehr als ein Jahr lang mit keinem Aug' gesehen habe. Und wie ich ihn das letztemal um eine Kleinigkeit ersucht habe – ausnahmsweise – na, nur, daß er mich nicht hinausgeschmissen hat.«

»Hm, so.« Bogner rieb sich die Stirn. »Du hältst es wirklich für absolut ausgeschlossen?«

»Ich hoffe, du zweifelst nicht«, erwiderte Wilhelm mit einiger Schärfe.

Plötzlich erhob sich Bogner aus der Sofaecke, rückte den Tisch beiseite und trat zum Fenster hin. »Wir müssen's versuchen«, erklärte er dann mit Bestimmtheit. »Jawohl, verzeih, aber wir *müssen*. Das Schlimmste, das dir passieren kann, ist, daß er nein sagt. Und vielleicht in einer nicht ganz höflichen Form. Zugegeben. Aber gegen das, was mir bevorsteht, wenn ich bis morgen früh die paar schäbigen Gulden nicht beisammen hab', ist doch das alles nichts als eine kleine Unannehmlichkeit.«

»Mag sein«, sagte Wilhelm, »aber eine Unannehmlichkeit, die vollkommen zwecklos wäre. Wenn nur die geringste Chance bestünde – na, du wirst doch hoffentlich nicht an meinem guten Willen zweifeln. Und zum Teufel, es muß doch noch andere Möglichkeiten geben. Was ist denn zum Beispiel – sei nicht bös, er fällt mir grad ein – mit deinem Cousin Guido, der das Gut bei Amstetten hat?«

»Du kannst dir denken, Willi«, erwiderte Bogner ruhig, »daß es auch mit dem nix ist. Sonst wär' ich ja nicht da. Kurz und gut, es gibt auf der ganzen Welt keinen Menschen –«

Willi hob plötzlich einen Finger, als wäre er auf eine Idee gekommen. Bogner sah ihn erwartungsvoll an.

»Der Rudi Höchster, wenn du's bei dem versuchen würdest. Er hat nämlich eine Erbschaft gemacht vor ein paar Monaten. Zwanzig- oder fünfundzwanzigtausend Gulden, davon muß doch noch was übrig sein.«

Bogner runzelte die Stirn, und etwas zögernd erwiderte er: »An Höchster habe ich – vor drei Wochen einmal, wie es noch nicht so dringend war – geschrieben – um viel weniger als tausend – nicht einmal geantwortet hat er mir. Also du siehst, es gibt nur einen einzigen Ausweg: dein Onkel.« Und auf Willis Achselzucken: »Ich kenn' ihn ja, Willi – ein so liebenswürdiger, scharmanter alter Herr. Wir waren ja auch ein paarmal im Theater zusammen und im Riedhof – er wird sich gewiß erinnern! Ja, um Gottes willen, er kann doch nicht plötzlich ein anderer Mensch geworden sein.«

Ungeduldig unterbrach ihn Willi. »Es scheint doch. Ich weiß ja auch nicht, was mit ihm eigentlich vorgegangen ist. Aber das kommt ja vor zwischen Fünfzig und Sechzig, daß sich die Leut' so merkwürdig verändern. Ich kann dir nicht *mehr* sagen, als daß ich – seit fünfviertel Jahren oder länger sein Haus nicht mehr betreten habe und – kurz und gut – es unter keiner Bedingung je wieder betreten werde.«

Bogner sah vor sich hin. Dann plötzlich hob er den Kopf, sah Willi wie abwesend an und sagte: »Also, ich bitt' dich um Entschuldigung, grüß dich Gott«, nahm den Hut und wandte sich zum Gehen.

»Otto!« rief Willi. »Ich hätt' noch eine Idee.«

»Noch eine ist gut.«

»Also hör' einmal, Bogner. Ich fahre nämlich heut aufs Land – nach Baden. Da ist manchmal am Sonntag nachmittag im Café Schopf eine kleine Hasardpartie: Einundzwanzig oder Bakkarat, je nachdem. Ich bin natürlich höchst bescheiden daran beteiligt oder auch gar nicht. Drei-

510

oder viermal habe ich mitgetan, aber mehr zum Spaß. Der Hauptmacher ist der Regimentsarzt Tugut, der übrigens eine Mordssau hat, der Oberleutnant Wimmer ist auch gewöhnlich dabei, dann der Greising, von den Siebenundsiebzigern ... den kennst du gar nicht. Er ist draußen in Behandlung – wegen einer alten G'schicht, auch ein paar Zivilisten sind dabei, ein Advokat von draußen, der Sekretär vom Theater, ein Schauspieler und ein älterer Herr, ein gewisser Konsul Schnabel. Der hat ein Verhältnis draußen mit einer Operettensängerin, bessere Choristin eigentlich. Das ist die Hauptwurzen. Der Tugut hat ihm vor vierzehn Tagen nicht weniger als dreitausend Gulden auf einem Sitz abgenommen. Bis sechs Uhr früh haben wir gespielt auf der offenen Veranda, die Vögel haben dazu gesungen; die Hundertzwanzig, die ich heut noch hab', verdank' ich übrigens auch nur meiner Ausdauer, sonst wär' ich ganz blank. Also, weißt du was, Otto, *hundert* von den hundertzwanzig werd' ich heute für dich riskieren. Ich weiß, die Chance ist nicht überwältigend, aber der Tugut hat sich neulich gar nur mit fünfzig hingesetzt, und mit dreitausend ist er aufgestanden. Und dann kommt noch etwas hinzu: daß ich seit ein paar Monaten nicht das geringste Glück in der Liebe habe. Also vielleicht ist auf ein Sprichwort mehr Verlaß als auf die Menschen.«

Bogner schwieg.

»Nun – was denkst du über meine Idee?« fragte Willi.

Bogner zuckte die Achseln. »Ich dank' dir jedenfalls sehr – ich sag' natürlich nicht nein – obwohl –«

»Garantieren kann ich selbstverständlich nicht«, unterbrach ihn Willi mit übertriebener Lebhaftigkeit, »aber riskiert ist am End' auch nicht viel. Und wenn ich gewinn' – respektive von dem, was ich gewinn', gehören dir tausend – *mindestens* tausend gehören dir. Und wenn ich zufällig einen besonderen Riß machen sollte –«

»Versprich nicht zu viel«, sagte Otto mit trübem Lächeln. – »Aber jetzt will ich dich nicht länger aufhalten. Schon um meinetwillen. Und morgen früh werde ich mir erlauben – vielmehr ... ich warte morgen früh um halb acht drüben vor der Alserkirche.« Und mit bitterem Lachen: »Wir können uns ja auch zufällig begegnet sein.« Den Versuch einer Erwiderung vonseiten Willis wehrte Bogner ab und fügte rasch hinzu: »Übrigens, ich lasse meine Hände unterdessen auch nicht im Schoß liegen. Siebzig Gulden hab' ich noch im Vermögen. Die riskier' ich heut nachmittag beim Rennen – auf dem Zehn-Kreuzer-Platz natürlich.« Er trat rasch zum Fenster, sah in den Kasernenhof hinab –: »Die Luft ist rein«, sagte er, verzog bitter-höhnisch den Mund, schlug den Kragen hoch, reichte Willi die Hand und ging.

Wilhelm seufzte leicht, sann eine Weile nach, dann machte er sich eilig zum Gehen fertig. Mit dem Zustand seiner Uniform war er übrigens nicht sehr zufrieden. Wenn er heute gewinnen sollte, war er entschlossen, sich mindestens einen neuen Waffenrock anzuschaffen. Das Dampfbad gab er in Anbetracht der vorgerückten Stunde auf; in jedem Falle aber wollte er sich einen Fiaker zur Bahn nehmen. Auf die zwei Gulden kam es heute wirklich nicht an.

II.

Als er um die Mittagsstunde in Baden den Zug verließ, befand er sich in gar nicht übler Laune. Auf dem Bahnhof in Wien hatte der Oberstleutnant Wositzky – im Dienst ein sehr unangenehmer Herr – sich aufs freundlichste mit ihm unterhalten, und im Coupé hatten zwei junge Mädel so lebhaft mit ihm kokettiert, daß er um seines Tagesprogramms willen beinahe froh war, als sie nicht zugleich mit ihm ausstiegen. In all seiner günstigen Stimmung aber fühlte er sich doch versucht, dem einstigen Kameraden Bogner innerlich Vorwürfe zu machen, nicht einmal so sehr wegen des Eingriffs in die Kasse, der ja durch die unglückseligen äußeren Verhältnisse gewissermaßen entschuldbar war, als vielmehr wegen der dummen Spielgeschichte, mit der er sich vor drei Jahren die Karriere einfach abgeschnitten hatte. Ein Offizier mußte doch am Ende wissen, bis wohin er gehen durfte. Er selbst zum Beispiel war vor drei Wochen, als ihn das Unglück beständig verfolgte, einfach vom Kartentisch aufgestanden, obwohl der Konsul Schnabel ihm in der liebenswürdigsten Weise seine Börse zur Verfügung gestellt hatte. Er hatte überhaupt immer gewußt, Versuchungen zu widerstehen, und jederzeit war es ihm gelungen, mit der knappen Gage und den geringen Zuschüssen auszukommen, die er zuerst vom Vater und, nachdem dieser als Oberstleutnant in Temesvar gestorben war, von Onkel Robert erhalten hatte. Und seit diese Zuschüsse eingestellt waren, hatte er sich eben danach einzurichten gewußt: der Kaffeehausbesuch wurde eingeschränkt, von Neuanschaffungen wurde Abstand genommen, an Zigaretten gespart, und die Weiber durften einen überhaupt nichts mehr kosten. Ein kleines

512

Abenteuer vor drei Monaten, das viel verheißend begonnen hatte, war daran gescheitert, daß Willi buchstäblich nicht in der Lage gewesen wäre, an einem gewissen Abend ein Nachtmahl für zwei Personen zu bezahlen.

Eigentlich traurig, dachte er. Niemals noch war ihm die Enge seiner Verhältnisse so deutlich zum Bewußtsein gekommen als heute – an diesem wunderschönen Frühlingstag, da er in einem leider nicht mehr sehr funkelnden Waffenrock, in drap Beinkleidern, die an den Knien ein wenig zu glänzen anfingen, und mit einer Kappe, die erheblich niedriger war, als die neueste Offiziersmode vorschrieb, durch die duftenden Parkanlagen den Weg zu dem Landhaus nahm, in dem die Familie Keßner wohnte – wenn es nicht gar ihr Besitz war. Zum erstenmal auch geschah es ihm heute, daß er die Hoffnung auf eine Einladung zum Mittagessen oder vielmehr den Umstand, daß ihm diese Erwartung eine Hoffnung bedeutete, als beschämend empfand.

Immerhin gab er sich nicht ungern darein, daß diese Hoffnung sich erfüllte, nicht nur wegen des schmackhaften Mittagessens und des trefflichen Weins, sondern auch darum, weil Fräulein Emilie, die zu seiner Rechten saß, durch freundliche Blicke und zutrauliche Berührungen, die übrigens durchaus als zufällig gelten konnten, sich als sehr angenehme Tischnachbarin erwies. Er war nicht der einzige Gast. Auch ein junger Rechtsanwalt war anwesend, den der Hausherr aus Wien mitgebracht hatte und der das Gespräch in einem fröhlichen, leichten, zuweilen auch etwas ironischen Tone zu führen wußte. Der Hausherr war höflich, aber etwas kühl gegenüber Willi, wie er ja im allgemeinen von den Sonntagsbesuchen des Herrn Leutnants, der seinen Damen im vergangenen Fasching auf einem Ball vorgestellt worden war und eine Aufforderung, gelegentlich einmal zum Tee zu kommen, vielleicht allzu wörtlich aufgefaßt hatte, nicht sonderlich entzückt zu sein schien. Auch die noch immer hübsche Hausfrau hatte offensichtlich keinerlei Erinnerung mehr daran, daß sie vor vierzehn Tagen auf einer etwas abseits gelegenen Gartenbank einer unerwartet kühnen Umarmung des Leutnants sich erst entzog, als das Geräusch nahender Schritte auf dem Kies vernehmbar geworden war. Bei Tische war zuerst in allerlei für den Leutnant nicht ganz verständlichen Ausdrücken von einem Prozeß die Rede, den der Rechtsanwalt für den Hausherrn in Angelegenheit seiner Fabrik zu führen hatte; dann aber kam das Gespräch auf Landaufenthalte und Sommerreisen, und nun war auch für Willi die Möglichkeit gegeben, sich daran zu beteiligen. Er hatte vor zwei Jahren die Kaisermanöver in den Dolomiten mitgemacht, erzählte von Nachtlagern unter freiem Himmel, von den zwei schwarzlockigen Töchtern eines Kastelruther Wirts, die man wegen ihrer Unnahbarkeit die zwei Medusen genannt hatte, und von einem Feldmarschalleutnant, der sozusagen vor Willis Augen wegen eines mißglückten Reiterangriffs in Ungnade gefallen war. Und wie es ihm beim dritten oder vierten Glas Wein leicht zu geschehen pflegte, wurde er immer unbefangener, frischer, ja beinahe witzig. Er fühlte, wie er allmählich den Hausherrn für sich gewann, wie der Rechtsanwalt im Ton immer weniger ironisch wurde, wie in der Hausfrau eine Erinnerung aufzuschimmern begann; und ein lebhafter Druck von Emiliens Knie an dem seinen gab sich nicht mehr die Mühe, als zufällig zu gelten.

Zum schwarzen Kaffee erschien eine wohlbeleibte, ältere Dame mit ihren zwei Töchtern, denen Willi als »unser Tänzer vom Industriellenball« vorgestellt wurde. Es ergab sich bald, daß die drei Damen sich vor zwei Jahren gleichfalls in Südtirol aufgehalten hatten; und war es nicht der Herr Leutnant gewesen, den sie an einem schönen Sommertag an ihrem Hotel in Seis auf einem Rappen vorbeisprengen gesehen hatten? Willi wollte es nicht geradezu in Abrede stellen, obzwar er bei sich sehr gut wußte, daß er, ein kleiner Infanterieleutnant vom Achtundneunzigsten, niemals auf einem stolzen Roß durch irgendeine in Tirol oder sonstwo gelegene Ortschaft gesprengt sein konnte.

Die beiden jungen Damen waren anmutig in Weiß gekleidet; das Fräulein Keßner, hellrosa, in der Mitte, so liefen sie alle drei mutwillig über den Rasen.

»Wie drei Grazien, nicht wahr?« meinte der Rechtsanwalt. Wieder klang es wie Ironie, und dem Leutnant lag es auf der Zunge: Wie meinen Sie das, Herr Doktor? Doch es war um so leichter, diese Bemerkung zu unterdrücken, als Fräulein Emilie sich eben von der Wiese her umgewandt und ihm lustig zugewinkt hatte. Sie war blond, etwas größer als er, und es war anzunehmen, daß sie eine nicht unbeträchtliche Mitgift erwarten durfte. Aber bis man so weit war – wenn man überhaupt von solchen Möglichkeiten zu träumen wagte –, dauerte es noch lange, sehr lange, und die tausend Gulden für den verunglückten Kameraden mußten spätestens bis morgen früh beschafft sein.

So blieb ihm nichts übrig, als sich zu empfehlen, dem einstigen Oberleutnant Bogner zuliebe, gerade als die Unterhaltung im besten

514

Gange war. Man gab sich den Anschein, als wollte man ihn zurückhalten, er bedauerte sehr; leider sei er verabredet, und vor allem mußte er einen Kameraden im Garnisonsspitale besuchen, der hier ein altes rheumatisches Leiden auskurierte. Auch hierzu lächelte der Rechtsanwalt ironisch. Ob denn dieser Besuch den ganzen Nachmittag in Anspruch nähme, fragte Frau Keßner, verheißungsvoll lächelnd. Willi zuckte unbestimmt die Achseln. Nun, jedenfalls würde man sich freuen, falls es ihm gelänge, sich frei zu machen, ihn im Laufe des heutigen Abends wiederzusehen.

Als er das Haus verließ, fuhren eben zwei elegante junge Herren im Fiaker vor, was Willi nicht angenehm berührte. Was konnte in diesem Hause sich nicht alles ereignen, während er genötigt war, für einen entgleisten Kameraden im Kaffeehaus tausend Gulden zu verdienen? Ob es nicht das weitaus Klügere wäre, sich auf die Sache gar nicht einzulassen und in einer halben Stunde etwa, nachdem man angeblich den kranken Freund besucht, wieder in den schönen Garten zu den drei Grazien zurückzukehren? Um so klüger, dachte er mit einiger Selbstgefälligkeit weiter, als seine Chancen für einen Gewinst im Spiel indes erheblich gesunken sein dürften.

III.

Von einer Anschlagsäule starrte ihm ein großes, gelbes Rennplakat entgegen, und es fiel ihm ein, daß Bogner in dieser Stunde schon in der Freudenau bei den Rennen, ja vielleicht eben daran war, auf eigene Faust die rettende Summe zu gewinnen. Wie aber, wenn Bogner ihm einen solchen Glücksfall verschwiege, um noch überdies sich der tausend Gulden zu versichern, die Willi indes dem Konsul Schnabel oder dem Regimentsarzt Tugut im Kartenspiel abgewonnen? Nun ja, wenn man einmal tief genug gesunken war, um in eine fremde Kasse zu greifen … Und in ein paar Monaten oder Wochen würde Bogner wahrscheinlich wieder geradeso weit sein wie heute. Und was dann?

Musik klang zu ihm herüber. Es war irgendeine italienische Ouvertüre von der halb verschollenen Art, wie sie überhaupt nur von Kurorchestern gespielt zu werden pflegen. Willi aber kannte sie gut. Vor vielen Jahren hatte er sie seine Mutter in Temesvar mit irgendeiner entfernten Verwandten vierhändig spielen hören. Er selbst hatte es nie so weit gebracht, der Mutter als Partner im Vierhändigspiel zu dienen, und als sie vor acht Jahren gestorben war, hatte es auch keine Klavierlektionen mehr gegeben wie früher manchmal, wenn er zu den Feiertagen von der Kadettenschule nach Hause gekommen war. Leise und etwas rührend klangen die Töne durch die zitternde Frühlingsluft.

Auf einer kleinen Brücke überschritt er den trüben Schwechatbach, und nach wenigen Schritten schon stand er vor der geräumigen, sonntäglich überfüllten Terrasse des Café Schopf. Nahe der Straße an einem kleinen Tischchen saß Leutnant Greising, der Patient, fahl und hämisch, mit ihm der dicke Theatersekretär Weiß in kanariengelbem, etwas zerknittertem Flanellanzug, wie immer mit einer Blume im Knopfloch. Nicht ohne Mühe drängte sich Willi zwischen den Tischen und Stühlen zu ihnen durch. »Wir sind ja spärlich gesät heute«, sagte er, ihnen die Hand reichend. Und es war ihm eine Erleichterung, zu denken, daß die Spielpartie vielleicht nicht zusammenkommen würde. Greising aber klärte ihn auf, daß sie beide, er und der Theatersekretär, nur darum hier im Freien säßen, um sich für die »Arbeit« zu stärken. Die anderen seien schon drin, am Kartentisch; auch der Herr Konsul Schnabel, der übrigens wie gewöhnlich im Fiaker aus Wien herausgefahren sei.

Willi bestellte eine kalte Limonade; Greising fragte ihn, wo er sich denn so sehr erhitzt habe, daß er schon eines kühlenden Getränkes bedürfe, und bemerkte ohne weiteren Übergang, daß die Badener Mädel überhaupt hübsch und temperamentvoll seien. Hierauf berichtete er in nicht sonderlich gewählten Ausdrücken von einem kleinen Abenteuer, das er gestern abend im Kurpark eingeleitet und noch in derselben Nacht zum erwünschten Abschluß gebracht habe. Willi trank langsam seine Limonade, und Greising, der merkte, was jenem durch den Sinn gehen mochte, sagte, wie zur Antwort, mit einem kurzen Auflachen: »Das ist der Lauf der Welt, müssen halt andere auch dran glauben.«

Der Oberleutnant Wimmer vom Train, der von Ungebildeten oft für einen Kavalleristen gehalten wurde, stand plötzlich hinter ihnen: »Was glaubt ihr denn eigentlich, meine Herren, sollen wir allein uns mit dem Konsul abplagen?« Und er reichte Willi, der nach seiner Art, obwohl außer Dienst, dem ranghöheren Kameraden stramm salutiert hatte, die Hand.

»Wie steht's denn drin?« fragte Greising mißtrauisch und unwirsch.

»Langsam, langsam«, erwiderte Wimmer. »Der Konsul sitzt auf seinem Geld wie ein Drachen, auf meinem leider auch schon. Also auf in den Kampf, meine Herren Toreros.«

Die anderen erhoben sich. »Ich bin wo eingeladen«, bemerkte Willi, während er sich mit gespielter Gleichgültigkeit eine Zigarette anzündete. »Ich werde nur eine Viertelstunde kiebitzen.«

»Ha«, lachte Wimmer, »der Weg zur Hölle ist mit guten Vorsätzen gepflastert.« – »Und der zum Himmel mit schlechten«, bemerkte der Sekretär Weiß. – »Gut gegeben«, sagte Wimmer und klopfte ihm auf die Schulter.

Sie traten ins Innere des Kaffeehauses. Willi warf noch einen Blick zurück ins Freie, über die Villendächer, zu den Hügeln hin. Und er schwor sich zu, in spätestens einer halben Stunde bei Keßners im Garten zu sitzen.

Mit den anderen trat er in einen dämmerigen Winkel des Lokals, wo von Frühlingsluft und -licht nichts mehr zu merken war. Den Sessel hatte er weit zurückgeschoben, womit er deutlich zu erkennen gab, daß er keineswegs gesonnen sei, sich am Spiel zu beteiligen. Der Konsul, ein hagerer Herr von unbestimmtem Alter, mit englisch gestutztem Schnurrbart, rötlichem, schon etwas angegrautem, dünnem Haupthaar, elegant in Hellgrau gekleidet, gustierte eben mit der ihm eigenen Gründlichkeit eine Karte, die ihm Doktor Flegmann, der Bankhalter, zugeteilt hatte. Er gewann, und Doktor Flegmann nahm neue Banknoten aus seiner Brieftasche.

»Zuckt nicht mit der Wimper«, bemerkte Wimmer mit ironischer Hochachtung.

»Wimperzucken ändert nichts an gegebenen Tatsachen«, erwiderte Flegmann kühl mit halbgeschlossenen Augen. Der Regimentsarzt Tugut, Abteilungschef im Badener Garnisonsspital, legte eine Bank mit zweihundert Gulden auf.

Das ist heute wirklich nichts für mich, dachte Willi und schob seinen Sessel noch weiter zurück.

Der Schauspieler Elrief, ein junger Mensch aus gutem Hause, berühmter um seiner Beschränktheit als um seines Talents willen, ließ Willi in die Karten sehen. Er setzte kleine Beträge und schüttelte ratlos den Kopf, wenn er verlor. Tugut hatte bald seine Bank verdoppelt. Sekretär Weiß machte bei Elrief eine Anleihe, und Doktor Flegmann nahm neuerdings Geld aus der Brieftasche. Tugut wollte sich zurückziehen, als der Konsul, ohne nachzuzählen, sagte: »Hopp, die Bank.« Er verlor, und mit einem Griff in die Westentasche beglich er seine Schuld, die dreihundert Gulden betrug. »Noch einmal hopp«, sagte er. Der Regimentsarzt lehnte ab,

Doktor Flegmann übernahm die Bank und teilte aus. Willi nahm keine Karte an; nur zum Spaß, auf Elriefs dringendes Zureden, »um ihm Glück zu bringen«, setzte er auf dessen Blatt einen Gulden – und gewann. Bei der nächsten Runde warf Doktor Flegmann auch ihm eine Karte hin, die er nicht zurückwies. Er gewann wieder, verlor, gewann, rückte seinen Sessel nahe an den Tisch zwischen die andern, die ihm bereitwilligst Platz machten; und gewann – verlor – gewann – verlor, als könnte sich das Schicksal nicht recht entscheiden. Der Sekretär mußte ins Theater und vergaß, Herrn Elrief den entliehenen Betrag zurückzugeben, obwohl er längst einen weit höheren zurückgewonnen hatte. Willi war ein wenig im Gewinn, aber zu den tausend Gulden fehlten immerhin noch etwa neunhundertundfünfzig.

»Es tut sich nichts«, stellte Greising unzufrieden fest. Nun übernahm der Konsul wieder die Bank, und alle spürten in diesem Augenblick, daß es endlich ernst werden würde.

Man wußte vom Konsul Schnabel nicht viel mehr, als daß er eben Konsul war, Konsul eines kleinen Freistaats in Südamerika und »Groß-kaufmann«. Der Sekretär Weiß war es, der ihn in die Offiziersgesellschaft eingeführt hatte, und des Sekretärs Beziehungen zu ihm stammten daher, daß der Konsul ihn für das Engagement einer kleinen Schauspielerin zu interessieren gewußt hatte, die sofort nach Antritt ihrer bescheidenen Stellung in ein näheres Verhältnis zu Herrn Elrief getreten war. Gern hätte man sich nach guter alter Sitte über den betrogenen Liebhaber lustig gemacht, aber als dieser kürzlich, während er Karten austeilte, an Elrief, der eben an der Reihe war, ohne aufzublicken, die Zigarre zwischen den Zähnen, die Frage gerichtet hatte: »Na, wie geht's denn unserer gemeinsamen kleinen Freundin?« war es klar, daß man diesem Mann gegenüber mit Spott und Späßen in keiner Weise auf die Kosten kommen würde. Dieser Eindruck befestigte sich, als er dem Leutnant Greising, der einmal spät nachts zwischen zwei Gläsern Kognak eine anzügliche Bemerkung über Konsuln unerforschter Landstriche ins Gespräch warf, mit einem stechenden Blick entgegnet hatte: »Warum frozzeln Sie mich, Herr Leutnant? Haben Sie sich schon erkundigt, ob ich satisfaktionsfähig bin?«

Bedenkliche Stille war nach dieser Erwiderung eingetreten, aber wie nach einem geheimen Übereinkommen wurden keinerlei weitere Konsequenzen gezogen, und man entschloß sich, ohne Verabredung, aber einmütig, nur zu einem vorsichtigeren Benehmen ihm gegenüber.

518

Der Konsul verlor. Man hatte nichts dagegen, daß er, entgegen sonstiger Gepflogenheit, sofort eine neue Bank und, nach neuerlichem Verlust, eine dritte auflegte. Die übrigen Spieler gewannen, Willi vor allen. Er steckte sein Anfangskapital, die hundertundzwanzig Gulden, ein, die sollten keineswegs mehr riskiert werden. Er legte nun selbst eine Bank auf, hatte sie bald verdoppelt, zog sich zurück, und mit kleinen Unterbrechungen blieb ihm das Glück auch gegen die übrigen Bankhalter treu, die einander rasch ablösten. Der Betrag von tausend Gulden, den er – für einen andern – zu gewinnen unternommen hatte, war um einige hundert überschritten, und da eben Herr Elrief sich erhob, um sich ins Theater zu begeben, zwecks Darstellung einer Rolle, über die er trotz ironisch interessierter Frage Greisings nichts weiter verlauten ließ, benützte Willi die Gelegenheit, sich anzuschließen. Die andern waren gleich wieder in ihr Spiel vertieft; und als Willi an der Tür sich noch einmal umwandte, sah er, daß ihm nur das Auge des Konsuls mit einem kalten, raschen Aufschauen von den Karten gefolgt war.

IV.

Nun erst, da er wieder im Freien stand und linde Abendluft um seine Stirn strich, kam er zum Bewußtsein seines Glücks oder, wie er sich gleich verbesserte, zum Bewußtsein von Bogners Glück. Doch auch ihm selbst blieb immerhin so viel, daß er sich, wie er geträumt, einen neuen Waffenrock, eine neue Kappe und ein neues Portepee anschaffen konnte. Auch für etliche Soupers in angenehmer Gesellschaft, die sich nun leicht finden würde, waren die nötigen Fonds vorhanden. Aber abgesehen davon – welche Genugtuung, morgen früh halb acht dem alten Kameraden vor der Alserkirche die rettende Summe überreichen zu können, – tausend Gulden, ja, den berühmten blanken Tausender, von dem er bisher nur in Büchern gelesen hatte und den er nun tatsächlich mit noch einigen Hunderter-Banknoten in der Brieftasche verwahrte. So, mein lieber Bogner, da hast du. Genau die tausend Gulden habe ich gewonnen. Um ganz präzis zu sein, tausendeinhundertfünfundfünfzig. Dann hab' ich aufgehört. Selbstbeherrschung, was? Und hoffentlich, lieber Bogner, wirst du von nun ab – – Nein, nein, er konnte doch dem früheren Kameraden keine Moralpredigt halten. Der würde es sich schon selbst zur Lehre dienen lassen und hoffentlich auch taktvoll genug sein, um aus diesem für ihn so günstig erledigten Zwischenfall nicht etwa die Berechtigung zu einem weiteren freundschaftlichen Verkehr abzuleiten. Vielleicht aber war es doch vorsichtiger oder sogar richtiger, den Burschen mit dem Geld zur Alserkirche hinüberzuschicken.

Auf dem Weg zu Keßners fragte sich Willi, ob sie ihn auch zum Nachtmahl dort behalten würden. Ah, auf das Nachtmahl kam es ihm jetzt glücklicherweise nicht mehr an. Er war ja jetzt selber reich genug, um die ganze Gesellschaft zu einem Souper einzuladen. Schade nur, daß man nirgends Blumen zu kaufen bekam. Aber eine Konditorei, an der er vorüberkam, war geöffnet, und so entschloß er sich, eine Tüte Bonbons und, an der Tür wieder umkehrend, eine zweite noch größere zu kaufen, und überlegte, wie er die beiden zwischen Mutter und Tochter richtig zu verteilen hätte.

Als er bei Keßners in den Vorgarten trat, ward ihm vom Stubenmädchen die Auskunft, die Herrschaften, ja die ganze Gesellschaft sei ins Helenental gefahren, wahrscheinlich zur Krainerhütte. Die Herrschaften würden wohl auch auswärts soupieren, wie meistens Sonntag abend.

520

Gelinde Enttäuschung malte sich in Willis Zügen, und das Stubenmädchen lächelte mit einem Blick, auf die beiden Tüten, die der Leutnant in der Hand hielt. Ja, was sollte man nun damit anfangen! »Ich lasse mich bestens empfehlen und – bitte schön« – er reichte dem Stubenmädchen die Tüten hin –, »die größere ist für die gnädige Frau, die andere für das Fräulein, und ich hab' sehr bedauert.« – »Vielleicht, wenn der Herr Leutnant sich einen Wagen nehmen – jetzt sind die Herrschaften gewiß noch in der Krainerhütte.« Willi sah nachdenklich-wichtig auf die Uhr: »Ich werd' schaun«, bemerkte er nachlässig, salutierte mit scherzhaft übertriebener Höflichkeit und ging.

Da stand er nun allein in der abendlichen Gasse. Eine fröhliche kleine Gesellschaft von Touristen, Herren und Damen mit bestaubten Schuhen, zog an ihm vorbei. Vor einer Villa auf einem Strohsessel saß ein alter Herr und las Zeitung. Etwas weiter auf einem Balkon eines ersten Stockwerks saß, häkelnd, eine ältere Dame und sprach mit einer andern, die im Haus gegenüber, die gekreuzten Arme auf der Brüstung, am offenen Fenster lehnte. Es schien Willi, als wären diese paar Menschen die einzigen in dem Städtchen, die zu dieser Stunde nicht ausgeflogen waren. Keßners hätten wohl bei dem Stubenmädchen ein Wort für ihn zurücklassen können. Nun, er wollte sich nicht aufdrängen. Im Grunde hatte er das nicht nötig. Aber was tun? Gleich nach Wien zurückfahren?

Wäre vielleicht das Vernünftigste! Wie, wenn man die Entscheidung dem Schicksal überließe?

Zwei Wagen standen vor dem Kursalon. »Wie viel verlangen S' ins Helenental?« Der eine Kutscher war bestellt, der andere forderte einen geradezu unverschämten Preis. Und Willi entschied sich für einen Abendgang durch den Park.

Er war zu dieser Stunde noch ziemlich gut besucht. Ehe- und Liebespaare, die Willi mit Sicherheit voneinander zu unterscheiden sich getraute, auch junge Mädchen und Frauen, allein, zu zweit, zu dritt, lustwandelten an ihm vorüber, und er begegnete manchem lächelnden, ja ermutigenden Blick. Aber man konnte nie wissen, ob nicht ein Vater, ein Bruder, ein Bräutigam hinterherging, und ein Offizier war doppelt und dreifach zur Vorsicht verpflichtet. Einer dunkeläugigen, schlanken Dame, die einen Knaben an der Hand führte, folgte er eine Weile. Sie stieg die Treppe zur Terrasse des Kursalons hinauf, schien jemanden zu suchen, anfangs vergeblich, bis ihr von einem entlegenen Tisch aus lebhaft zugewinkt wurde, worauf sie, mit einem spöttischen Blick Willi streifend, inmitten einer größeren Gesellschaft Platz nahm. Auch Willi tat nun, als suchte er einen Bekannten, trat von der Terrasse aus ins Restaurant, das ziemlich leer war, kam von dort in die Eingangshalle, dann in den schon erleuchteten Lesesaal, wo an einem langen, grünen Tisch als einziger Herr ein pensionierter General in Uniform saß. Willi salutierte, schlug die Hacken zusammen, der General nickte verdrossen, und Willi machte eilig wieder kehrt. Draußen vor dem Kursalon stand noch immer der eine von den Fiakern, und der Kutscher erklärte sich ungefragt bereit, den Herrn Leutnant billig ins Helenental zu fahren. »Ja, jetzt zahlt sich's nimmer aus«, meinte Willi, und geflügelten Schritts nahm er den Weg zum Café Schopf.

V.

Die Spieler saßen da, als wäre seit Willis Fortgehen keine Minute vergangen, in gleicher Weise gruppiert wie vorher. Unter grünem Schirm leuchtete fahl das elektrische Licht. Um des Konsuls Mund, der als erster seinen Eintritt bemerkt hatte, glaubte Willi ein spöttisches Lächeln zu gewahren. Niemand äußerte die geringste Verwunderung, als Willi seinen leergebliebenen Sessel wieder zwischen die andern rückte. Doktor Flegmann, der eben Bank hielt, teilte ihm eine Karte zu, als verstünde sich das von selbst. In der Eile setzte Willi eine größere Banknote, als er beabsichtigt hatte, gewann, setzte vorsichtig weiter; das Glück aber wendete sich, und bald kam ein Augenblick, in dem der Tausender ernstlich gefährdet schien. Was liegt daran, dachte sich Willi, ich hätt' ja doch nichts davon gehabt. Aber nun gewann er wieder, er hatte es nicht nötig, die Banknote zu wechseln, das Glück blieb ihm treu, und um neun Uhr, als man das Spiel beschloß, fand sich Willi im Besitz von über zweitausend Gulden. Tausend für Bogner, tausend für mich, dachte er. Die Hälfte davon reservier' ich mir als Spielfonds für nächsten Sonntag. Aber er fühlte sich nicht so glücklich, als es doch natürlich gewesen wäre.

Man begab sich zum Nachtmahl in die »Stadt Wien«, saß im Garten unter einer dichtbelaubten Eiche, sprach über Hasardspiel im allgemeinen und über berühmt gewordene Kartenpartien mit riesigen Differenzen im Jockeiklub. »Es ist und bleibt ein Laster«, behauptete Doktor Fleg- 522 mann ganz ernsthaft. Man lachte, aber Oberleutnant Wimmer zeigte Lust, die Bemerkung krumm zu nehmen. Was bei Advokaten vielleicht ein Laster sei, bemerkte er, sei darum noch lange keines bei Offizieren. Doktor Flegmann erklärte höflich, daß man zugleich lasterhaft und doch ein Ehrenmann sein könne, wofür zahlreiche Beispiele seien: Don Juan zum Beispiel oder der Herzog von Richelieu. Der Konsul meinte, ein Laster sei das Spiel nur, wenn man seine Spielschulden zu zahlen nicht imstande sei. Und in diesem Fall sei es eigentlich kein Laster mehr, sondern ein Betrug; nur eine feigere Art davon. Man schwieg ringsum. Glücklicherweise erschien eben Herr Elrief, mit einer Blume im Knopf- loch und sieghaften Augen. »Schon den Ovationen entzogen?« fragte Greising. – »Ich bin im vierten Akt nicht beschäftigt«, erwiderte der Schauspieler und streifte nachlässig seinen Handschuh ab in der Art etwa, wie er vorhatte, es in irgendeiner nächsten Novität als Vicomte oder Marquis zu tun. Greising zündete sich eine Zigarre an. »Wär' g'scheiter, du tät'st nicht rauchen«, sagte Tugut.

»Aber Herr Regimentsarzt, ich hab' ja nix mehr im Hals«, erwiderte Greising.

Der Konsul hatte einige Flaschen ungarischen Weins bestellt. Man trank einander zu. Willi sah auf die Uhr. »Oh, ich muß mich leider verabschieden. Um zehn Uhr vierzig geht der letzte Zug.« – »Trinken

Sie nur aus«, sagte der Konsul, »mein Wagen bringt Sie zur Bahn.« – »Oh, Herr Konsul, das kann ich keinesfalls ...«

»Kannst schon«, unterbrach ihn Oberleutnant Wimmer.

»Na, was is«, fragte der Regimentsarzt Tugut, »machen wir heut noch was?«

Keiner hatte gezweifelt, daß die Partie nach dem Abendessen ihre Fortsetzung finden werde. Es war jeden Sonntag dasselbe. »Aber nicht lang«, sagte der Konsul. – Die haben's gut, dachte Willi und beneidete sie alle um die Aussicht, sich gleich wieder an den Kartentisch zu setzen, das Glück versuchen, Tausende gewinnen zu können. Der Schauspieler Elrief, dem der Wein sofort zu Kopf stieg, bestellte mit einem etwas dummen und frechen Gesicht dem Konsul einen Gruß von Fräulein Rihoscheck, wie ihre gemeinschaftliche Freundin hieß. »Warum haben S' das Fräulein nicht gleich mitgebracht, Herr Mimius?« fragte Greising. – »Sie kommt später ins Kaffeehaus kiebitzen, wenn der Herr Konsul erlaubt«, sagte Elrief. Der Konsul verzog keine Miene.

Willi trank aus und erhob sich. »Auf nächsten Sonntag«, sagte Wimmer, »da werden wir dich wieder etwas leichter machen.« – Da werdet ihr euch täuschen, dachte Willi, man kann überhaupt nicht verlieren, wenn man vorsichtig ist. – »Sie sind so freundlich, Herr Leutnant«, bemerkte der Konsul »und schicken den Kutscher vom Bahnhof gleich wieder zurück zum Kaffeehaus«, und zu den übrigen gewendet: »aber so spät, respektive so früh wie neulich darf's heut nicht werden, meine Herren.«

Willi salutierte nochmals in die Runde und wandte sich zum Gehen. Da sah er zu seiner angenehmen Überraschung an einem der benachbarten Tische die Familie Keßner und die Dame von nachmittag mit ihren zwei Töchtern sitzen. Weder der ironische Advokat war da, noch die eleganten jungen Herrn, die im Fiaker bei der Villa vorgefahren waren. Man begrüßte ihn sehr liebenswürdig, er blieb am Tisch stehen, war heiter, unbefangen, – ein fescher, junger Offizier, in behaglichen Umständen, überdies nach drei Gläsern eines kräftigen ungarischen Weins, und in diesem Augenblick ohne Konkurrenten, angenehm »montiert«. Man forderte ihn auf, Platz zu nehmen, er lehnte dankend ab mit einer lässigen Geste zum Ausgang hin, wo der Wagen wartete. Immerhin hatte er noch einige Fragen zu beantworten: wer denn der hübsche junge Mensch in Zivil sei? – Ah, ein Schauspieler? – Elrief? – Man kannte nicht einmal den Namen. Das Theater hier sei überhaupt recht mäßig, höchstens Operetten könne man sich ansehen, so behauptete Frau Keßner. Und mit einem verheißungsvollen Blick regte sie an: wenn der Herr Leutnant nächstens wieder herauskäme, könnte man vielleicht gemeinsam die Arena besuchen. »Das netteste wäre«, meinte Fräulein Keßner, »man nähme zwei Logen nebeneinander«, und sie sandte ein Lächeln zu Herrn Elrief hinüber, der es leuchtend erwiderte. Willi küßte allen Damen die Hand, grüßte noch einmal hinüber zu dem Tisch der Offiziere, und eine Minute drauf saß er im Fiaker des Konsuls. »G'schwind«, sagte er dem Kutscher, »Sie kriegen ein gutes Trinkgeld.« In der Gleichgültigkeit, mit der der Kutscher dieses Versprechen hinnahm, glaubte Willi einen ärgerlichen Mangel an Respekt zu verspüren. Immerhin liefen die Pferde vortrefflich, und in fünf Minuten war man beim Bahnhof. In dem gleichen Augenblick aber setzte sich auch oben in der Station der Zug, der eine Minute früher eingefahren war, in Bewegung. Willi war aus dem Wagen gesprungen, blickte den erleuchteten Waggons nach, wie sie sich langsam und schwer über den Viadukt fortwälzten, hörte den Pfiff der Lokomotive in der Nachtluft verwehen, schüttelte den Kopf und wußte selbst nicht, ob er ärgerlich oder froh war. Der Kutscher saß gleichgültig auf dem Bock und streichelte das eine Roß mit dem Peitschenstiel. »Da kann man nix machen«, sagte Willi endlich. Und zum Kutscher: »Also fahren wir zurück zum Café Schopf.«

524

VI.

Es war hübsch, so im Fiaker durch das Städtchen zu sausen; aber noch viel hübscher würde es sein, nächstens einmal an einem lauen Sommerabend in Gesellschaft irgendeines anmutigen weiblichen Wesens aufs Land hinaus zu fahren – nach Rodaun oder zum Roten Stadl – und dort im Freien zu soupieren. Ah, welche Wonne, nicht mehr genötigt sein, jeden Gulden zweimal umzudrehen, ehe man sich entschließen durfte, ihn auszugeben. Vorsicht, Willi, Vorsicht, sagte er sich, und er nahm sich fest vor, keineswegs den ganzen Spielgewinn zu riskieren, sondern höchstens die Hälfte. Und überdies wollte er das System Flegmann anwenden: mit einem geringen Einsatz beginnen; – nicht höher gehen, bevor man einmal gewonnen, dann aber niemals das Ganze aufs Spiel setzen, sondern nur dreiviertel des Gesamtbetrages – und so weiter.

Doktor Flegmann fing immer mit diesem System an, aber es fehlte ihm an der nötigen Konsequenz, es durchzuführen. So konnte er natürlich auf keinen grünen Zweig kommen.

Willi schwang sich vor dem Kaffeehaus aus dem Wagen, noch ehe dieser hielt, und gab dem Kutscher ein nobles Trinkgeld; so viel, daß auch ein Mietwagen ihn kaum hätte mehr kosten können. Der Dank des Kutschers fiel zwar immer noch zurückhaltend, aber immerhin freundlich genug aus.

Die Spielpartie war vollzählig beisammen, auch die Freundin des Konsuls, Fräulein Mizi Rihoscheck, war anwesend; stattlich, mit überschwarzen Augenbrauen, im übrigen nicht allzusehr geschminkt, in hellem Sommerkleid, einen flachkrempigen Strohhut mit rotem Band auf dem braunen, hochgewellten Haar, so saß sie neben dem Konsul, den Arm um die Lehne seines Sessels geschlungen, und schaute ihm in die Karten. Er blickte nicht auf, als Willi an den Tisch trat, und doch spürte der Leutnant, daß der Konsul sofort sein Kommen bemerkt hatte. »Ah, Zug versäumt«, meinte Greising. – »Um eine halbe Minute«, erwiderte Willi. – »Ja, das kommt davon«, sagte Wimmer und teilte Karten aus. Flegmann empfahl sich eben, weil er dreimal hintereinander mit einem kleinen Schlager gegen einen großen verloren hatte. Herr Elrief harrte noch aus, aber er besaß keinen Kreuzer mehr. Vor dem Konsul lag ein Haufen Banknoten. »Das geht ja hoch her«, sagte Willi und setzte gleich zehn Gulden statt fünf, wie er sich eigentlich vorgenommen hatte. Seine Kühnheit belohnte sich: er gewann und gewann immer weiter. Auf einem kleinen Nebentisch stand eine Flasche Kognak. Fräulein Rihoscheck schenkte dem Leutnant ein Gläschen ein und reichte es ihm mit schwimmendem Blick. Elrief bat ihn, ihm bis morgen mittag punkt zwölf Uhr fünfzig Gulden leihweise zur Verfügung zu stellen. Willi schob ihm die Banknote hin, eine Sekunde darauf war sie zum Konsul gewandert. Elrief erhob sich, Schweißtropfen auf der Stirn. Da kam eben im gelben Flanellanzug der Direktionssekretär Weiß, ein leise geführtes Gespräch hatte zur Folge, daß der Sekretär sich entschloß, dem Schauspieler die am Nachmittag von ihm entliehene Summe zurückzuerstatten. Elrief verlor auch dies Letzte, und anders als es der Vicomte getan hätte, den er nächstens einmal zu spielen hoffte, rückte er wütend den Sessel, stand auf, stieß einen leisen Fluch aus und verließ den Raum. Als er nach einer Weile nicht wiederkam, erhob sich Fräulein

Rihoscheck, strich dem Konsul zärtlich-zerstreut über das Haupt und verschwand gleichfalls.

Wimmer und Greising, sogar Tugut waren vorsichtig geworden, da das Ende der Partie nahe war; nur der Direktionssekretär zeigte noch einige Verwegenheit. Doch das Spiel hatte sich allmählich zu einem Einzelkampf zwischen dem Leutnant Kasda und dem Konsul Schnabel gestaltet. Willis Glück hatte sich gewendet, und außer den tausend für den alten Kameraden Bogner hatte Willi kaum hundert Gulden mehr. Sind die hundert weg, so hör' ich auf, unbedingt, schwor er sich zu. Aber er glaubte selbst nicht daran. Was geht mich dieser Bogner eigentlich an? dachte er. Ich habe doch keinerlei Verpflichtung.

Fräulein Rihoscheck erschien wieder, trällerte eine Melodie, richtete vor dem großen Spiegel ihre Frisur, zündete sich eine Zigarette an, nahm ein Billardqueue, versuchte ein paar Stöße, stellte das Queue wieder in die Ecke, dann wippte sie bald die weiße, bald die rote Kugel mit den Fingern über das grüne Tuch. Ein kalter Blick des Konsuls rief sie herbei, trällernd nahm sie ihren Platz an seiner Seite wieder ein und legte ihren Arm über die Lehne. Von draußen, wo es schon seit langem ganz still geworden war, erklang nun vielstimmig ein Studentenlied. Wie kommen die heute noch nach Wien zurück? fragte sich Willi. Dann fiel ihm ein, daß es vielleicht Badener Gymnasiasten waren, die draußen sangen. Seit Fräulein Rihoscheck ihm gegenübersaß, begann das Glück sich ihm zögernd wieder zuzuwenden. Der Gesang entfernte sich, verklang; eine Kirchturmuhr schlug. »Dreiviertel eins«, sagte Greising. – »Letzte Bank«, erklärte der Regimentsarzt. – »Jeder noch eine«, schlug der Oberleutnant Wimmer vor. – Der Konsul gab durch Nicken sein Einverständnis kund.

Willi sprach kein Wort. Er gewann, verlor, trank ein Glas Kognak, gewann, verlor, zündete sich eine neue Zigarette an, gewann und verlor. Tuguts Bank hielt sich lange. Mit einem hohen Satz des Konsuls war sie endgültig erledigt. Sonderbar genug erschien Herr Elrief wieder, nach beinahe einstündiger Abwesenheit, und, noch sonderbarer, er hatte wieder Geld bei sich. Vornehm lässig, als wäre nichts geschehen, setzte er sich hin, wie jener Vicomte, den er doch niemals spielen würde, und er hatte eine neue Nuance vornehmer Lässigkeit, die eigentlich von Doktor Flegmann herrührte: halb geschlossene, müde Augen. Er legte eine Bank von dreihundert Gulden auf, als verstünde sich das von selbst, und gewann. Der Konsul verlor gegen ihn, gegen den Regimentsarzt und ganz besonders gegen Willi, der sich bald im Besitz von nicht weniger als dreitausend Gulden befand. Das bedeutete: neuer Waffenrock, neues Portepee, neue Wäsche, Lackschuhe, Zigaretten, Nachtmähler zu zweit, zu dritt, Fahrten in den Wienerwald, zwei Monate Urlaub mit Karenz der Gebühren – und um zwei Uhr hatte er viertausendzweihundert Gulden gewonnen. Da lagen sie vor ihm, es war kein Zweifel: viertausendzweihundert Gulden und etwas darüber. Die übrigen alle waren zurückgefallen, spielten kaum mehr. »Es ist genug«, sagte Konsul Schnabel plötzlich. Willi fühlte sich zwiespältig bewegt. Wenn man jetzt aufhörte, so konnte ihm nichts mehr geschehen, und das war gut. Zugleich aber spürte er eine unbändige, eine wahrhaft höllische Lust, weiterzuspielen, *noch* einige, alle die blanken Tausender aus der Brieftasche des Konsuls in die seine herüberzuzaubern. *Das* wäre ein Fonds, damit könnte man sein Glück machen. Es mußte ja nicht immer Bakkarat sein – es gab auch die Wettrennen in der Freudenau und den Trabrennplatz, auch Spielbanken gab es, Monte Carlo zum Beispiel, unten am Meeresstrand, – mit köstlichen Weibern aus Paris … Während so seine Gedanken trieben, versuchte der Regimentsarzt den Konsul zu einer letzten Bank zu animieren. Elrief, als wäre er der Gastgeber, schenkte Kognak ein. Er selbst trank das achte Glas. Fräulein Mizi Rihoscheck wiegte den Körper und trällerte eine innere Melodie. Tugut nahm die verstreuten Karten auf und mischte. Der Konsul schwieg. Dann, plötzlich, rief er nach dem Kellner und ließ zwei neue, unberührte Spiele bringen. Ringsum die Augen leuchteten. Der Konsul sah auf die Uhr und sagte: »Punkt halb drei Schluß, ohne Pardon.« Es war fünf Minuten nach zwei.

VII.

Der Konsul legte eine Bank auf, wie sie in diesem Kreise noch nicht erlebt worden war, eine Bank von dreitausend Gulden. Außer der Spielergesellschaft und einem Kellner befand sich kein Mensch mehr im Café. Durch die offenstehende Tür drangen von draußen her morgendliche Vogelstimmen. Der Konsul verlor, aber er hielt sich vorläufig mit seiner Bank. Elrief hatte sich vollkommen erholt, und auf einen mahnenden Blick des Fräulein Rihoscheck zog er sich vom Spiel zurück. Die anderen, alle in mäßigem Gewinn, setzten bescheiden und vorsichtig weiter. Noch war die Bank zur Hälfte unberührt.

»Hopp«, sagte Willi plötzlich und erschrak vor seinem eigenen Wort, ja vor seiner Stimme. Bin ich verrückt geworden? dachte er. Der Konsul deckte »Neun« auf, einen großen Schlager, und Willi war um fünfzehnhundert Gulden ärmer. Nun, in Erinnerung an das System Flegmann, setzte Willi einen lächerlich kleinen Betrag, fünfzig Gulden, und gewann. Zu dumm, dachte er. Das Ganze hätte ich mit einem Schlage zurückgewinnen können! Warum war ich so feig. »Wieder hopp.« Er verlor. »Noch einmal hopp.« Der Konsul schien zu zögern. – »Was fällt dir denn ein, Kasda«, rief der Regimentsarzt. Willi lachte und spürte es wie einen Schwindel in die Stirne steigen. War es vielleicht der Kognak, der ihm die Besinnung trübte? Offenbar. Er hatte sich natürlich geirrt, er hatte nicht im Traum daran gedacht, tausend oder zweitausend auf einmal zu setzen. »Entschuldigen, Herr Konsul, ich habe eigentlich gemeint –«. Der Konsul ließ ihn nicht zu Ende sprechen. Freundlich bemerkte er: »Wenn Sie nicht gewußt haben, welcher Betrag noch in der Bank steht, so nehme ich natürlich ihren Rückzug zur Kenntnis.« – »Wieso zur Kenntnis, Herr Konsul?« sagte Willi. »Hopp ist hopp.« – War er das selbst, der sprach? Seine Worte? Seine Stimme? Wenn er verlor, dann war es aus mit dem neuen Waffenrock, dem neuen Portepee, den Soupers in angenehmer weiblicher Gesellschaft; – da blieben eben noch die tausend für den Defraudanten, den Bogner – und er selbst war ein armer Teufel wie zwei Stunden vorher.

Wortlos deckte der Konsul sein Blatt auf. Neun. Niemand sprach die Zahl aus, doch sie klang geisterhaft durch den Raum. Willi fühlte eine seltsame Feuchtigkeit auf der Stirne. Donnerwetter, ging das geschwind! Immerhin, er hatte noch tausend Gulden vor sich liegen, sogar etwas darüber. Er wollte nicht zählen, das brachte vielleicht Unglück. Um wieviel reicher war er immer noch als heute mittag da er aus dem Zug gestiegen war. Heute mittag – Und es zwang ihn doch nichts, auf einmal die ganzen tausend Gulden aufs Spiel zu setzen! Man konnte ja wieder mit hundert oder zweihundert anfangen. System Flegmann. Nur leider war so wenig Zeit mehr, kaum zwanzig Minuten. Schweigen ringsum. »Herr Leutnant«, äußerte der Konsul fragend. – »Ach ja«, lachte Willi und faltete den Tausender zusammen. »Die Hälfte, Herr Konsul«, sagte er. – »Fünfhundert? –«

Willi nickte. Auch die anderen setzten der Form wegen. Aber ringsum war schon die Stimmung des Aufbruchs. Der Oberleutnant Wimmer stand aufrecht mit umgehängtem Mantel. Tugut lehnte am Billardbrett.

Der Konsul deckte seine Karte auf, »Acht«, und die Hälfte von Willis Tausender war verspielt. Er schüttelte den Kopf, als ginge es nicht mit rechten Dingen zu. »Den Rest«, sagte er und dachte: Bin eigentlich ganz ruhig. Er gustierte langsam. Acht. Der Konsul mußte eine Karte kaufen. Neun. Und fort waren die fünfhundert, fort die tausend. Alles fort. – Alles? Nein. Er hatte ja noch seine hundertzwanzig Gulden, mit denen er mittags angekommen war, und etwas drüber. Komisch, da war man nun plötzlich wirklich ein armer Teufel wie vorher. Und da draußen sangen die Vögel … wie damals … als er noch nach Monte Carlo hätte fahren können. Ja, nun mußte er leider aufhören, denn die paar Gulden durfte man doch nicht mehr riskieren … aufhören, obzwar noch eine Viertelstunde Zeit war. Was für Pech. In einer Viertelstunde konnte man geradeso gut fünftausend Gulden gewinnen, als man sie verloren hatte. »Herr Leutnant«, fragte der Konsul. – »Bedauere sehr«, erwiderte Willi mit einer hellen, schnarrenden Stimme und wies auf die paar

armseligen Banknoten, die vor ihm lagen. Seine Augen lachten geradezu, und wie zum Spaß setzte er zehn Gulden auf ein Blatt. Er gewann. Dann zwanzig und gewann wieder. Fünfzig – und gewann. Das Blut stieg ihm zu Kopf, er hätte weinen mögen vor Wut. Jetzt war das Glück da – und es kam zu spät. Und mit einem plötzlichen, kühnen Einfall wandte er sich an der Schauspieler, der hinter ihm neben Fräulein Rihoscheck stand. »Herr von Elrief, möchten Sie jetzt vielleicht so freundlich sein, mir zweihundert Gulden zu leihen?«

»Tut mir unendlich leid«, erwiderte Elrief achselzuckend vornehm. »Sie haben ja gesehen, Herr Leutnant, ich habe alles verloren bis auf den letzten Kreuzer.« – Es war eine Lüge, jeder wußte es. Aber es schien, als fänden es alle ganz in Ordnung, daß der Schauspieler Elrief den Herrn Leutnant anlog. Da schob ihm der Konsul lässig einige Banknoten hinüber, anscheinend ohne zu zählen. »Bitte sich zu bedienen«, sagte er. Der Regimentsarzt Tugut räusperte vernehmlich. Wimmer mahnte: »Ich möcht' jetzt aufhören an deiner Stelle, Kasda.« Willi zögerte. – »Ich will Ihnen keineswegs zureden, Herr Leutnant«, sagte Schnabel. Er hatte die Hand noch leicht über das Geld gebreitet. Da griff Willi hastig nach den Banknoten, dann tat er, als wollte er sie zählen. »Fünfzehnhundert sind's«, sagte der Konsul, »Sie können sich darauf verlassen, Herr Leutnant. Wünschen Sie ein Blatt?« – Willi lachte: »Na, was denn?« – »Ihr Einsatz, Herr Leutnant?« – »Oh, nicht das Ganze«, rief Willi aufgeräumt, »arme Leute müssen sparen, tausend für'n Anfang.« Er gustierte, der Konsul gleichfalls mit gewohnter, ja übertriebener Langsamkeit. Willi mußte eine Karte kaufen, bekam zu einer Karo-Vier eine Pik-Drei. Der Konsul deckte auf, auch er hatte sieben. »Ich tät’ aufhören«, mahnte der Oberleutnant Wimmer nochmals, und nun klang es fast wie ein Befehl. Und der Regimentsarzt fügte hinzu: »Jetzt, wo du so ziemlich auf gleich bist.« – Auf gleich! dachte Willi. Das nennt er: auf gleich. Vor einer Viertelstunde war man ein wohlhabender junger Mann; und jetzt ist man ein Habenichts, und das nennen sie »auf gleich«! Soll ich ihnen das erzählen vom Bogner? Vielleicht begriffen sie’s dann.

Neue Karten lagen vor ihm. Sieben. Nein, er kaufte nichts. Aber der Konsul fragte nicht danach, er deckte einfach seinen Achter auf. Tausend verloren, brummte es in Willis Hirn. Aber ich gewinn’ sie zurück. Und wenn nicht, ist es ja doch egal. Ich kann tausend grad so wenig zurückzahlen wie zweitausend. Jetzt ist schon alles eins. Zehn Minuten ist noch Zeit. Ich kann auch die ganzen vier- oder fünftausend von früher zurückgewinnen. – »Herr Leutnant?« fragte der Konsul. Es hallte dumpf durch den Raum; denn alle die anderen schwiegen; schwiegen vernehmlich. Sagte jetzt keiner: Ich möcht’ aufhören an deiner Stelle? Nein, dachte Willi, keiner traut sich. Sie wissen, es wäre ein Blödsinn, wenn ich jetzt aufhörte. Aber welchen Betrag sollte er setzen? – er hatte nur mehr ein paar hundert Gulden vor sich liegen. Plötzlich waren es mehr. Der Konsul hatte ihm zwei weitere Tausender hingeschoben. »Bedienen Sie sich, Herr Leutnant.« Jawohl, er bediente sich, er setzte tausendfünfhundert und gewann. Nun konnte er seine Schuld bezahlen und behielt immerhin noch einiges übrig. Er fühlte eine Hand auf seiner Schulter. »Kasda«, sagte der Oberleutnant Wimmer hinter ihm. »Nicht weiter.« Es klang hart, streng beinahe. Ich bin ja nicht im Dienst, dachte Willi, kann außerdienstlich mit meinem Geld und mit meinem Leben anfangen, was ich will. Und er setzte, setzte bescheiden nur tausend Gulden und deckte seinen Schlager auf. Acht. Schnabel gustierte noch immer, tödlich langsam, als wenn endlose Zeit vor ihnen läge. Es war auch noch Zeit, man war ja nicht gezwungen, um halb drei aufzuhören. Neulich war es halb sechs geworden. Neulich … Schöne, ferne Zeit. Warum standen sie denn nun alle herum? Wie in einem Traum. Ha, sie waren alle aufgeregter als er; sogar das Fräulein Rihoscheck, die ihm gegenüberstand, den Strohhut mit dem roten Band auf der hochgewellten Frisur, hatte sonderbar glänzende Augen. Er lächelte sie an. Sie hatte ein Gesicht wie eine Königin in einem Trauerspiel und war doch kaum etwas Besseres als eine Choristin. Der Konsul deckte seine Karten auf. Eine Königin. Ha, die Königin Rihoscheck und eine Pik-Neun. Verdammte Pik, die brachte ihm immer Unglück. Und die tausend wanderten hinüber zum Konsul. Aber das machte ja nichts, er hatte ja noch einiges. Oder war er schon ganz ruiniert? Oh, keine Idee … Da lagen schon wieder ein paar tausend. Nobel, der Konsul. Nun ja, er war sicher, daß er sie zurückbekam. Ein Offizier mußte ja seine Spielschulden zahlen. So ein Herr Elrief blieb der Herr Elrief in jedem Falle, aber ein Offizier, wenn er nicht gerade Bogner hieß … »Zweitausend, Herr Konsul.« – »Zweitausend?« – »Jawohl, Herr Konsul.« – Er kaufte nichts, er hatte sieben. Der Konsul aber mußte kaufen. Und diesmal gustierte er nicht einmal, so eilig hatte er's, und bekam zu seiner Eins eine Acht – Pik-Acht –, das waren neun, ganz ohne Zweifel. Acht wären ja auch genug gewesen.

Und zwei Tausender wanderten zum Konsul hinüber, und gleich wieder zurück. Oder waren es mehr? Drei oder vier? Besser gar nicht hinsehen, das brachte Unglück. Oh, der Konsul würde ihn nicht betrügen, auch standen ja all die anderen da und paßten auf. Und da er ohnehin nicht mehr recht wußte, was er schon schuldig war, setzte er neuerlich zweitausend. Pik-Vier. Ja da mußte man wohl kaufen. Sechs, Pik-Sechs. Nun war es um eins zu viel. Der Konsul mußte sich gar nicht bemühen und hatte doch nur drei gehabt … Und wieder wanderten die zweitausend hinüber – und gleich wieder zurück. Es war zum Lachen. Hin und her. Her und hin. Ha, da schlug wieder die Kirchturmuhr – halb. Aber niemand hatte es gehört offenbar. Der Konsul teilte ruhig die Karten aus. Da standen sie alle herum, die Herren, nur der Regimentsarzt war verschwunden. Ja, Willi hatte schon früher bemerkt, wie er wütend den Kopf geschüttelt und irgend etwas in die Zähne gemurmelt hatte. Er konnte es wohl nicht mitansehen, wie der Leutnant Kasda hier um seine Existenz spielte. Wie ein Doktor nur so schwache Nerven haben konnte!

Und wieder lagen Karten vor ihm. Er setzte – wieviel, wußte er nicht genau. Eine Handvoll Banknoten. Das war eine neue Art, es mit dem Schicksal aufzunehmen. Acht. Nun mußte es sich wenden.

Es wendete sich nicht. Neun deckte der Konsul auf, sah rings im Kreis um sich, dann schob er die Karten von sich fort. Willi riß die Augen weit auf. »Nun, Herr Konsul?« Der aber hob den Finger, deutete nach draußen. »Es hat soeben halb geschlagen, Herr Leutnant.« – »Wie?« rief Willi scheinbar erstaunt. »Aber man könnte vielleicht noch ein Viertelstündchen zugeben –?« Er schaute im Kreis herum, als suche er

Beistand. Alle schwiegen. Herr Elrief sah fort, sehr vornehm, und zündete sich eine Zigarette an, Wimmer biß die Lippen zusammen, Greising pfiff nervös, fast unhörbar, der Sekretär aber bemerkte roh, als handelte es sich um eine Kleinigkeit: »Der Herr Leutnant hat aber heut wirklich Pech gehabt.«

Der Konsul war aufgestanden, rief nach dem Kellner – als wäre es eine Nacht gewesen, wie jede andere. Es kamen nur zwei Flaschen Kognak auf seine Rechnung, aber der Einfachheit halber wünschte er die gesamte Zeche zu begleichen. Greising verbat sich's und sagte seinen Kaffee und seine Zigaretten persönlich an. Die anderen ließen sich gleichgültig die Bewirtung gefallen. Dann wandte sich der Konsul an Willi, der immer noch sitzen geblieben war, und wieder mit der Rechten nach draußen weisend, wie vorher, da er den Schlag der Turmuhr nachträglich festgestellt hatte, sagte er: »Wenn's Ihnen recht ist, Herr Leutnant, nehm' ich Sie in meinem Wagen nach Wien mit.« – »Sehr liebenswürdig«, erwiderte Willi. Und in diesem Augenblick war es ihm, als sei diese letzte Viertelstunde, ja die ganze Nacht mit allem, was darin geschehen war, ungültig geworden. So nahm es wohl auch der Konsul. Wie hätte er ihn sonst in seinen Wagen laden können. »Ihre Schuld, Herr Leutnant«, fügte der Konsul freundlich hinzu, »beläuft sich auf elftausend Gulden netto.« – »Jawohl, Herr Konsul«, erwiderte Willi in militärischem Ton. – »Was Schriftliches«, meinte der Konsul, »braucht's wohl nicht?« – »Nein«, bemerkte der Oberleutnant Wimmer rauh, »wir sind ja alle Zeugen.« – Der Konsul beachtete weder ihn noch den Ton seiner Stimme. Willi saß immer noch da, die Beine waren ihm bleischwer. Elftausend Gulden, nicht übel. Ungefähr die Gage von drei oder vier Jahren, mit Zulagen. Wimmer und Greising sprachen leise und erregt miteinander. Elrief äußerte zu dem Direktionssekretär wohl irgend etwas sehr Heiteres, denn dieser lachte laut auf. Fräulein Rihoscheck stand neben dem Konsul, richtete eine leise Frage an ihn, die er kopfschüttelnd verneinte. Der Kellner hing dem Konsul den Mantel um, einen weiten, schwarzen, ärmellosen, mit Samtkragen versehenen Mantel, der Willi schon neulich als sehr elegant, doch etwas exotisch aufgefallen war. Der Schauspieler Elrief schenkte sich rasch aus der fast leeren Flasche ein letztes Glas Kognak ein. Es schien Willi, als vermieden sie alle, sich um ihn zu kümmern, ja ihn nur anzusehen. Nun erhob er sich mit einem Ruck. Da stand mit einemmal der Regimentsarzt Tugut neben ihm, der überraschenderweise wiedergekommen war, schien zuerst nach

Worten zu suchen und bemerkte endlich: »Du kannst dir's doch hoffentlich bis morgen beschaffen.« – »Aber selbstverständlich, Herr Regimentsarzt«, erwiderte Willi und lächelte breit und leer. Dann trat er auf Wimmer und Greising zu und reichte ihnen die Hand. »Auf Wiedersehen nächsten Sonntag«, sagte er leicht. Sie antworteten nicht, nickten nicht einmal. – »Ist's gefällig, Herr Leutnant?« fragte der Konsul. – »Stehe zur Verfügung.« Nun verabschiedete er sich noch sehr freundlich und aufgeräumt von den andern; und dem Fräulein Rihoscheck – das konnte nicht schaden – küßte er galant die Hand.

533 Sie gingen alle. Auf der Terrasse die Tische und Sessel glänzten gespenstisch weiß; noch lag die Nacht über Stadt und Landschaft, doch kein Stern mehr war zu sehen. In der Gegend des Bahnhofs begann der Himmelsrand sich leise zu erhellen. Draußen wartete der Wagen des Konsuls, der Kutscher schlief, mit den Füßen auf dem Trittbrett. Schnabel berührte ihn an der Schulter, er wurde wach, lüftete den Hut, sah nach den Pferden, nahm ihnen die Decken ab. Die Offiziere legten nochmals die Hand an die Kappen, dann schlenderten sie davon. Der Sekretär, Elrief und Fräulein Rihoscheck warteten, bis der Kutscher fertig war. Willi dachte: Warum bleibt der Konsul nicht in Baden bei Fräulein Rihoscheck? Wozu hat er sie überhaupt, wenn er nicht dableibt? Es fiel ihm ein, daß er irgend einmal von einem älteren Herrn erzählen gehört hatte, der im Bett seiner Geliebten vom Schlag getroffen worden war, und er sah den Konsul von der Seite an. Der aber schien sehr frisch und wohlgelaunt, nicht im geringsten zum Sterben aufgelegt, und offenbar um Elrief zu ärgern, verabschiedete er sich eben von Fräulein Rihoscheck mit einer handgreiflichen Zärtlichkeit, die zu seinem sonstigen Wesen nicht recht stimmen wollte. Dann lud er den Leutnant in den Wagen ein, wies ihm den Platz auf der rechten Seite an, breitete ihm und sich zugleich eine hellgelbe mit braunem Plüsch gefütterte Decke über die Knie, und nun fuhren sie ab. Herr Elrief lüftete nochmals den Hut mit einer weitausladenden Bewegung, nicht ohne Humor, nach spanischer Sitte, wie er es irgendwo in Deutschland an einem kleinen Hoftheater als Grande im Laufe der nächsten Saison zu tun gedachte. Als der Wagen über die Brücke bog, wandte der Konsul sich nach den Dreien um, die Arm in Arm, Fräulein Rihoscheck in der Mitte, eben davonschlenderten, und winkte ihnen einen Gruß zu; doch diese, in lebhafter Unterhaltung begriffen, merkten es nicht mehr.

VIII.

Sie fuhren durch die schlafende Stadt, kein Laut war zu vernehmen als der klappernde Hufschlag der Pferde. »Etwas kühl«, bemerkte der Konsul. Willi verspürte wenig Lust, ein Gespräch zu führen, aber er sah doch die Notwendigkeit ein, irgend etwas zu erwidern, wäre es auch nur, um den Konsul in freundlicher Stimmung zu erhalten. Und er sagte: »Ja, so gegen den Morgen zu, da ist es immer frisch, das weiß unsereins vom Ausrücken her.« – »Mit den vierundzwanzig Stunden«, begann der Konsul nach einer kleinen Pause liebenswürdig, »wollen wir es übrigens nicht so genau nehmen.« Willi atmete auf und ergriff die Gelegenheit. »Ich wollte Sie eben ersuchen, Herr Konsul, da ich die ganze Summe begreiflicherweise im Augenblick nicht flüssig habe –« – »Selbstverständlich«, unterbrach ihn der Konsul abwehrend. Die Hufschläge klapperten weiter, nun tönte ein Widerhall, man fuhr unter einem Viadukt der freien Landschaft zu. »Wenn ich auf den üblichen vierundzwanzig Stunden bestände«, fuhr der Konsul fort, »so wären Sie nämlich verpflichtet, mir spätestens morgen, nachts um halb drei, Ihre Schuld zu bezahlen. Das wäre unbequem für uns beide. So setzen wir denn die Stunde« – anscheinend überlegte er – »auf Dienstag mittag zwölf Uhr fest, wenn es Ihnen recht ist.« Er entnahm seiner Brieftasche eine Visitenkarte, übergab sie Willi, der sie aufmerksam betrachtete. Die Morgendämmerung war schon so weit vorgeschritten, daß er imstande war, die Adresse zu lesen. Helfersdorfer Straße fünf – kaum fünf Minuten weit von der Kaserne, dachte er. »Also morgen, meinen Herr Konsul, um zwölf?« Und er fühlte sein Herz etwas schneller schlagen. »Ja, Herr Leutnant, das meine ich. Dienstag präzise zwölf. Ich bin von neun Uhr ab im Büro.« – »Und wenn ich bis zu dieser Stunde nicht in der Lage wäre, Herr Konsul – wenn ich zum Beispiel erst im Laufe des Nachmittags oder am Mittwoch ...«

Der Konsul unterbrach ihn: »Sie werden sicher in der Lage sein, Herr Leutnant. Da Sie sich an einen Spieltisch setzten, mußten Sie natürlich auch gefaßt sein, zu verlieren, geradeso wie ich darauf gefaßt sein mußte, und, falls Sie über keinen Privatbesitz verfügen, haben Sie jedenfalls allen Grund anzunehmen, daß – Ihre Eltern Sie nicht im Stich lassen werden.« –

»Ich habe keine Eltern mehr«, erwiderte Willi rasch, und da Schnabel ein bedauerndes »Oh« hören ließ – »meine Mutter ist acht Jahre lang tot, mein Vater ist vor fünf Jahren gestorben – als Oberstleutnant in Ungarn.« – »So, Ihr Herr Vater war auch Offizier?« Es klang teilnahmsvoll, geradezu herzlich. – »Jawohl, Herr Konsul, wer weiß, ob ich unter anderen Umständen die militärische Karriere eingeschlagen hätte.«

»Merkwürdig«, nickte der Konsul. »Wenn man denkt, wie die Existenz für manche Menschen sozusagen vorgezeichnet daliegt, während andere von einem Jahr, manchmal von einem Tag zum nächsten ...« Kopfschüttelnd hielt er inne. Diesen allgemein gehaltenen, nicht zu Ende gesprochenen Satz empfand Willi sonderbarerweise als beruhigend. Und um die Beziehung zwischen sich und dem Konsul womöglich noch weiter zu befestigen, suchte er gleichfalls nach einem allgemeinen, gewissermaßen philosophischen Satz; und etwas unüberlegt, wie ihm gleich klar wurde, bemerkte er, daß es immerhin auch Offiziere gäbe, die genötigt seien, ihre Karriere zu wechseln.

»Ja«, erwiderte der Konsul, »das stimmt schon, aber dann geschieht es meistens unfreiwillig, und sie sind, vielmehr sie kommen sich lächerlicherweise deklassiert vor, sie können auch kaum wieder zurück zu ihrem früheren Beruf. Hingegen unsereiner – ich meine: Menschen, die durch keinerlei Vorurteile der Geburt, des Standes oder – sonstige behindert sind – – ich zum Beispiel war schon mindestens ein halbes dutzendmal oben und wieder unten. Und *wie* tief unten – ha, wenn das Ihre Herren Kameraden wüßten, *wie* tief, sie hätten sich kaum mit mir an einen Spieltisch gesetzt – sollte man glauben. Darum haben sie wohl auch vorgezogen, Ihre Herren Kameraden, keine allzu sorgfältigen Recherchen anzustellen.« Willi blieb stumm, er war höchst peinlich berührt und war unschlüssig, wie er sich zu verhalten habe. Ja, wenn Wimmer oder Greising hier an seiner Stelle gesessen wären, die hätten wohl die richtige Antwort gefunden und finden dürfen. Er, Willi, er mußte schweigen. Er durfte nicht fragen: Wie meinen das Herr Konsul, »tief unten«, und wie meinen das mit den »Recherchen«. Ach, er konnte sich's ja denken wie es gemeint war. Er war ja nun selber tief unten, so tief, als man nur sein konnte, tiefer, als er es noch vor wenigen Stunden für möglich gehalten hätte.

Er war angewiesen auf die Liebenswürdigkeit, auf das Entgegenkommen, auf die Gnade dieses Herrn Konsul, wie tief unten der auch einmal gewesen sein mochte. Aber würde der auch gnädig sein? Das war die

Frage. Würde er eingehen auf Ratenzahlung innerhalb eines Jahres oder – innerhalb fünf Jahren – oder auf eine Revanchepartie nächsten Sonntag? Er sah nicht danach aus – nein, vorläufig sah er keineswegs danach aus. Und – wenn er nicht gnädig war – hm, dann blieb nichts anderes übrig als ein Bittgang zu Onkel Robert. Doch – Onkel Robert! Eine höchst peinliche, eine geradezu fürchterliche Sache, aber versucht mußte sie werden. Unbedingt ... Und es war doch undenkbar, daß der ihm seine Hilfe verweigern könnte, wenn tatsächlich die Karriere, die Existenz, das Leben, ja, ganz einfach das Leben des Neffen, des einzigen Sohnes seiner verstorbenen Schwester, auf dem Spiel stand. Ein Mensch, der von seinen Renten lebte, recht bescheiden zwar, aber doch eben als Kapitalist, der einfach nur das Geld aus der Kasse zu nehmen brauchte! Elftausend Gulden, das war doch gewiß nicht der zehnte, nicht der zwanzigste Teil seines Vermögens. Und statt um elf, könnte man ihn eigentlich gleich um zwölftausend Gulden bitten, das käme schon auf eins heraus. Und damit wäre auch Bogner gerettet. Dieser Gedanke stimmte Willi zugleich hoffnungsvoller, etwa so, als hätte der Himmel die Verpflichtung, ihn unverzüglich für seine edle Regung zu lohnen. Aber das alles kam ja vorläufig nur in Betracht, wenn der Konsul unerbittlich blieb. Und das war noch nicht bewiesen. Mit einem raschen Seitenblick streifte Willi seinen Begleiter. Der schien in Erinnerungen versunken. Er hatte den Hut auf der Wagendecke liegen, seine Lippen waren halb geöffnet wie zu einem Lächeln, er sah älter und milder aus als vorher. Wäre jetzt nicht der Augenblick –? Aber wie beginnen! Aufrichtig einzugestehen, daß man einfach nicht in der Lage war – daß man sich unüberlegt in eine Sache eingelassen – daß man den Kopf verloren, ja, daß man eine Viertelstunde geradezu unzurechnungsfähig gewesen war? Und, hätte er sich denn jemals so weit gewagt, so weit vergessen, wenn der Herr Konsul – oh, das durfte man schon erwähnen – wenn der Herr Konsul nicht unaufgefordert, ja ohne die leiseste Andeutung, ihm das Geld zur Verfügung gestellt, es ihm hingeschoben, ihm gewissermaßen, wenn auch in liebenswürdigster Weise, aufgedrängt hätte?

»Etwas Wundervolles«, bemerkte der Konsul, »eine solche Spazierfahrt am frühen Morgen, nicht wahr?« – »Großartig«, erwiderte beflissen der Leutnant. – »Nur schade«, fügte der Konsul hinzu, »daß man immer glaubt, sich so etwas um den Preis einer durchwachten Nacht erkaufen zu müssen, ob man sie nun am Spieltisch verbracht oder noch was

Dümmeres angestellt hat.« – »Oh, was mich betrifft«, bemerkte der Leutnant rasch, »bei mir kommt es gar nicht so selten vor, daß ich auch ohne durchwachte Nacht mich schon zu so früher Stunde im Freien befinde. Vorgestern zum Beispiel bin ich schon um halb vier Uhr im Kasernenhof gestanden mit meiner Kompagnie. Wir haben eine Übung im Prater gehabt. Allerdings bin ich nicht im Fiaker hinuntergefahren.«

Der Konsul lachte herzlich, was Willi wohltat, trotzdem es etwas künstlich geklungen hatte. – »Ja, so was Ähnliches habe ich auch etliche Male mitgemacht«, sagte der Konsul, »freilich nicht als Offizier, nicht einmal als Freiwilliger, so weit hab' ich's nicht gebracht. Denken Sie, Herr Leutnant, ich habe meine drei Jahre abgedient seinerzeit und bin nicht weitergekommen als bis zum Korporal. So ein ungebildeter Mensch bin ich – oder war ich wenigstens. Nun, ich habe einiges nachgeholt im Laufe der Zeit, auf Reisen hat man ja dazu Gelegenheit.« – »Herr Konsul sind viel in der Welt herumgekommen«, bemerkte Willi zuvorkommend. – »Das kann ich wohl behaupten«, entgegnete der Konsul, »ich war nahezu überall – nur gerade in dem Land, das ich als Konsul vertrete, war ich noch nie, in Ecuador. Aber ich habe die Absicht, nächstens auf den Konsultitel zu verzichten und hinzufahren.« Er lachte, und Willi stimmte, wenn auch etwas mühselig, ein.

Sie fuhren durch eine langgestreckte, armselige Ortschaft hin, zwischen ebenerdigen, grauen, wenig gepflegten Häuschen. In einem kleinen Vorgarten begoß ein hemdärmeliger alter Mann das Gesträuch; aus einem früh geöffneten Milchladen trat ein junges Weib in ziemlich abgerissenem Kleid mit einer gefüllten Kanne eben auf die Straße. Willi verspürte einen gewissen Neid auf beide, auf den alten Mann, der sein Gärtchen begoß, auf das Weib, das für Mann und Kinder Milch nach Hause brachte. Er wußte, daß diesen beiden wohler zumute war als ihm. Der Wagen kam an einem hohen, kahlen Gebäude vorüber, vor dem ein Justizsoldat auf und ab schritt; er salutierte dem Leutnant, der höflicher dankte, als es sonst Mannschaftspersonen gegenüber seine Art war. Der Blick, den der Konsul auf dem Gebäude haften ließ, ein verachtungs- und zugleich erinnerungsvoller Blick, gab Willi zu denken. Doch was konnte es ihm in diesem Augenblick helfen, daß des Konsuls Vergangenheit aller Wahrscheinlichkeit nach nicht eben makellos gewesen war? Spielschulden waren Spielschulden, auch ein abgestrafter Verbrecher hatte das Recht, sie einzufordern. Die Zeit verstrich, immer rascher liefen die Pferde, in einer Stunde, in einer halben war man in Wien – und was dann?

»Und Subjekte, wie zum Beispiel diesen Leutnant Greising«, sagte der Konsul, wie zum Beschluß eines inneren Gedankengangs, »läßt man frei herumlaufen.«

Also es stimmt, dachte Willi. Der Mensch ist einmal eingesperrt gewesen. Aber in diesem Augenblick kam es auch darauf nicht an, die Bemerkung des Konsuls bedeutete eine nicht mißzuverstehende Beleidigung eines abwesenden Kameraden. Durfte er sie einfach hingehen lassen, als hätte er sie überhört oder als gäbe er ihre Berechtigung zu? »Ich muß bitten, Herr Konsul, meinen Kameraden Greising aus dem Spiel zu lassen.«

Der Konsul hatte darauf nur eine wegwerfende Handbewegung. »Eigentlich merkwürdig«, sagte er, »wie die Herren, die so streng auf ihre Standesehre halten, einen Menschen in ihrer Mitte dulden dürfen, der mit vollem Bewußtsein die Gesundheit eines anderen Menschen, eines dummen, unerfahrenen Mädels zum Beispiel, in Gefahr bringt, so ein Geschöpf krank macht, möglicherweise tötet –«

»Es ist uns nicht bekannt«, erwiderte Willi etwas heiser, »jedenfalls ist es *mir* nicht bekannt.« – »Aber, Herr Leutnant, es fällt mir doch gar nicht ein, Ihnen Vorwürfe zu machen. Sie persönlich sind ja nicht verantwortlich für diese Dinge, und keineswegs stünde es in Ihrer Macht, sie zu ändern.«

Willi suchte vergeblich nach einer Erwiderung. Er überlegte, ob er nicht verpflichtet sei, die Äußerung des Konsuls dem Kameraden zur Kenntnis zu bringen, – oder sollte er mit Regimentsarzt Tugut vorerst einmal außerdienstlich über die Angelegenheit reden? Oder den Oberleutnant Wimmer um Rat fragen? Aber was ging ihn das alles an?! Um *ihn* handelte es sich, um ihn selbst, um seine eigene Sache – um seine Karriere – um sein Leben! Dort im ersten Sonnenglanz ragte schon das Standbild der Spinnerin am Kreuz. Und noch hatte er kein Wort gesprochen, das geeignet wäre, wenigstens einen Aufschub, einen kurzen Aufschub zu erwirken. Da fühlte er, wie sein Nachbar leise an seinem Arm rührte. »Entschuldigen Sie, Herr Leutnant, wir wollen das Thema lassen, mich kümmert's ja im Grunde nicht, ob der Herr Leutnant Greising oder sonstwer – – um so weniger, als ich ja kaum mehr das Vergnügen haben werde, mit den Herren an einem Tisch zu sitzen.«

Willi gab es einen Ruck. »Wie ist das zu verstehen, Herr Konsul?« – »Ich verreise nämlich«, erwiderte der Konsul kühl. – »So bald?« – »Ja. Übermorgen – richtiger gesagt: morgen, Dienstag.« – »Auf längere Zeit, Herr Konsul?« – »Vermutlich – so auf drei bis – dreißig Jahre.«

Die Reichsstraße war von Last- und Marktwagen schon ziemlich belebt. Willi, den Blick gesenkt, sah im Glanz der aufgehenden Sonne die goldenen Knöpfe seines Waffenrocks blitzen. »Ein plötzlicher Entschluß, Herr Konsul, diese Abreise?« fragte er. – »Oh, keineswegs, Herr Leutnant, steht schon lange fest. Ich fahre nach Amerika, vorläufig nicht nach Ecuador – sondern nach Baltimore, wo meine Familie wohnt und wo ich auch ein Geschäft habe. Freilich habe ich mich seit acht Jahren nicht persönlich an Ort und Stelle darum bekümmern können.«

Er hat Familie, dachte Willi. Und was ist es eigentlich mit Fräulein Rihoscheck? Weiß sie überhaupt, daß er fortreist? Aber was kümmert mich das! Es ist höchste Zeit. Es geht mir an den Kragen. Und unwillkürlich fuhr er sich mit der Hand an den Hals. »Das ist ja sehr bedauerlich«, sagte er hilflos, »daß der Herr Konsul schon morgen abreisen. Und ich hatte, ja wirklich, ich hatte mit einiger Sicherheit darauf gerechnet«, – er nahm einen leichteren, gewissermaßen scherzhaften Ton an – »daß Herr Konsul mir am nächsten Sonntag eine kleine Revanche geben würden.« – Der Konsul zuckte die Achseln, als wäre der Fall längst abgetan. – Wie mach' ich's nur? dachte Willi. Was tu' ich? Ihn geradezu – bitten? Was kann ihm denn an den paar tausend Gulden liegen? Er hat eine Familie in Amerika – und das Fräulein Rihoscheck –. Er hat ein Geschäft drüben – was bedeuten ihm diese paar tausend Gulden?! Und für mich handelt es sich um Leben oder Tod.

Sie fuhren unter dem Viadukt der Stadt zu. Aus der Südbahnhalle brauste eben ein Zug. Da fahren Leute nach Baden, dachte Willi, und weiter, nach Klagenfurt, nach Triest – und von dort vielleicht übers Meer in einen anderen Weltteil … Und er beneidete sie alle.

»Wo darf ich Sie absetzen, Herr Leutnant?«

»Oh, bitte«, erwiderte Willi, »wo es Ihnen bequem ist. Ich wohne in der Alserkaserne.«

»Ich bringe Sie bis ans Tor, Herr Leutnant.« Er gab dem Kutscher die entsprechende Weisung.

»Danke vielmals, Herr Konsul, es wäre wirklich nicht notwendig –«

Die Häuser schliefen alle. Die Gleise der Straßenbahn, noch unberührt vom Verkehr des Tages, liefen glatt und glänzend neben ihnen einher.

Der Konsul sah auf die Uhr: »Gut ist er gefahren, eine Stunde und zehn Minuten. Haben Sie heute Ausrückung, Herr Leutnant?« – »Nein«, erwiderte Willi, »heute habe ich Schule zu halten.« – »Na, da können Sie sich doch noch auf eine Weile hinlegen.« – »Allerdings, Herr Konsul, aber ich glaube, ich werde mir heute einen dienstfreien Tag machen – werde mich marod melden.« – Der Konsul nickte und schwieg. – »Also, 540 Mittwoch fahren Herr Konsul ab?« – »Nein, Herr Leutnant«, erwiderte der Konsul mit Betonung jedes einzelnen Wortes, »*morgen, Dienstag abend.*«

»Herr Konsul – ich will Ihnen ganz aufrichtig gestehen –, es ist mir ja äußerst peinlich, aber ich fürchte sehr, daß es mir total unmöglich sein wird in so kurzer Zeit – bis morgen mittag zwölf Uhr ...« Der Konsul blieb stumm. Er schien kaum zuzuhören. »Wenn Herr Konsul vielleicht die besondere Güte hätten, mir eine Frist zu gewähren?« – Der Konsul schüttelte den Kopf. Willi fuhr fort. »Oh, keine lange Frist, ich könnte Herrn Konsul vielleicht eine Bestätigung oder einen Wechsel ausstellen, und ich würde mich ehrenwörtlich verpflichten, innerhalb vierzehn Tagen – es wird sich gewiß ein Modus finden ...« Der Konsul schüttelte immer nur den Kopf, ohne irgendwelche Erregung, ganz mechanisch. »Herr Konsul«, begann Willi von neuem, und es klang flehend, ganz gegen seinen Willen, »Herr Konsul, mein Onkel, Robert Wilram, vielleicht kennen Herr Konsul den Namen?« Der andere schüttelte unentwegt weiter den Kopf. – »Ich bin nämlich nicht ganz überzeugt, daß mein Onkel, auf den ich mich im übrigen durchaus verlassen kann, die Summe augenblicklich flüssig hat. Aber selbstverständlich kann er innerhalb weniger Tage ... er ist ein wohlhabender Mann, der einzige Bruder meiner Mutter, ein Privatier.« – Und plötzlich, mit einer komisch umschlagenden Stimme, die wie ein Lachen klang: »Es ist wirklich fatal, daß Herr Konsul gleich bis Amerika reisen.« – »Wohin ich reise, Herr Leutnant«, erwiderte der Konsul ruhig, »das kann Ihnen vollkommen gleichgültig sein. Ehrenschulden sind bekanntlich innerhalb vierundzwanzig Stunden zu bezahlen.«

»Ist mir bekannt, Herr Konsul, ist mir bekannt. Aber es kommt trotzdem manchmal vor – ich kenne selbst Kameraden, die in ähnlicher Lage ... Es hängt ja nur von Ihnen ab, Herr Konsul, ob Sie sich vorläufig mit einem Wechsel oder mit meinem Wort zufrieden geben wollen bis – bis zum nächsten Sonntag wenigstens.«

»Ich gebe mich nicht zufrieden, Herr Leutnant, morgen, Dienstag mittag, letzter Termin … Oder – Anzeige an Ihr Regimentskommando.« –

Der Wagen fuhr über den Ring, am Volksgarten vorbei, dessen Bäume in üppigem Grün über dem vergoldeten Gitter wipfelten. Es war ein köstlicher Frühlingsmorgen, kaum noch ein Mensch auf der Straße zu sehen; nur eine junge, sehr elegante Dame in hochgeschlossenem, drapfarbigem Mantel, mit einem kleinen Hund, spazierte rasch, wie einer Pflicht genügend, längs dem Gitter hin und warf einen gleichgültigen Blick auf den Konsul, der sich nach ihr umwandte, trotz der Gattin in Amerika und des Fräulein Rihoscheck in Baden, die freilich mehr dem Schauspieler Elrief gehörte. Was kümmert mich Herr Elrief, dachte Willi, und was kümmert mich das Fräulein Rihoscheck. Wer weiß übrigens, wär' ich netter mit ihr gewesen, vielleicht hätte sie ein gutes Wort für mich eingelegt. – Und einen Augenblick lang überlegte er ernstlich, ob er nicht noch rasch nach Baden hinausfahren sollte, sie um ihre Fürsprache bitten. Fürsprache beim Konsul? Ins Gesicht würde sie ihm lachen. Sie kannte ihn ja, den Herrn Konsul, sie mußte ihn kennen … Und die einzige Möglichkeit der Rettung war Onkel Robert. Das stand fest. Sonst blieb nichts übrig als eine Kugel vor die Stirn. Man mußte sich nur klar sein.

Ein regelmäßiges Geräusch wie von dem herannahenden Schritt einer marschierenden Kolonne drang an sein Ohr. Hatten die Achtundneunziger nicht heute eine Übung? Am Bisamberg? Es wäre ihm peinlich gewesen, jetzt im Fiaker Kameraden an der Spitze ihrer Kompagnie zu begegnen. Aber es war kein Militär, das heranmarschiert kam, es war ein Zug von Knaben, offenbar eine Schulklasse, die sich mit ihrem Lehrer auf einen Ausflug begab. Der Lehrer, ein junger, blasser Mensch, streifte mit einem Blick unwillkürlicher Hochachtung die beiden Herren, die zu so früher Stunde im Fiaker an ihm vorüberfuhren. Willi hätte nie geahnt, daß er einen Moment erleben sollte, in dem sogar ein armer Schullehrer ihm als ein beneidenswertes Geschöpf vorkommen würde. Nun überholte der Fiaker eine erste Straßenbahn, in der ein paar Leute im Arbeitsanzug und eine alte Frau als Passagiere saßen. Ein Spritzwagen kam ihnen entgegen, und ein wild aussehender Kerl mit hinaufgekrempelten Hemdärmeln schwang in regelmäßigen Stößen, wie eine Springschnur, den Wasserschlauch, aus dem das Naß die Straße feuchtete. Zwei Nonnen, die Blicke gesenkt, überquerten die Fahrbahn in der

Richtung gegen die Votivkirche, die hellgrau mit ihren schlanken Türmen zum Himmel ragte. Auf einer Bank unter einem weißblühenden Baum saß ein junges Geschöpf mit bestaubten Schuhen, den Strohhut auf dem Schoß, lächelnd, wie nach einem angenehmen Erlebnis. Ein geschlossener Wagen mit heruntergelassenen Vorhängen sauste vorüber. Ein dickes, 542 altes Weib bearbeitete die hohe Fensterscheibe eines Kaffeehauses mit Besen und Scheuertuch. All diese Menschen und Dinge, die Willi sonst nicht bemerkt hätte, zeigten sich seinem überwachen Auge in beinahe schmerzhaft scharfen Umrissen. Aber der Mann, an dessen Seite er im Wagen saß, war ihm indes wie aus dem Gedächtnis geschwunden. Nun wandte er ihm einen scheuen Blick zu. Zurückgelehnt, den Hut vor sich auf der Decke, mit geschlossenen Augen, saß der Konsul da. Wie mild, wie gütig sah er aus! Und der – trieb ihn in den Tod? Wahrhaftig, er schlief – oder stellte er sich so? Nur keine Angst, Herr Konsul, ich werde Sie nicht weiter belästigen. Sie werden Dienstag um zwölf Uhr Ihr Geld haben. Oder auch nicht. Aber in keinem Falle … Der Wagen hielt vor dem Kasernentor, und sofort erwachte der Konsul – oder er tat wenigstens so, als wenn er eben erwacht wäre, er rieb sich sogar die Augen, eine etwas übertriebene Geste nach einem Schlaf von zweieinhalb Minuten. Der Posten am Tor salutierte. Willi sprang aus dem Wagen, gewandt, ohne das Trittbrett zu berühren, und lächelte dem Konsul zu. Er tat noch ein übriges und gab dem Kutscher ein Trinkgeld; nicht zu viel, nicht zu wenig, als ein Kavalier, dem es am Ende nichts verschlug, ob er im Spiel gewonnen oder verloren hatte. »Danke bestens, Herr Konsul – und auf Wiedersehen.« – Der Konsul reichte Willi aus dem Wagen heraus die Hand und zog ihn zugleich leicht an sich heran, als hätte er ihm etwas anzuvertrauen, das nicht jeder zu hören brauchte. »Ich rate Ihnen, Herr Leutnant«, meinte er in fast väterlichem Ton, »nehmen Sie die Angelegenheit nicht leicht, wenn Sie Wert darauf legen … Offizier zu bleiben. Morgen, Dienstag, zwölf Uhr.« Dann laut: »Also, auf Wiedersehen, Herr Leutnant.« – Willi lächelte verbindlich, legte die Hand an die Kappe, der Wagen wendete und fuhr davon.

IX.

Von der Alserkirche schlug es dreiviertel fünf. Das große Tor öffnete sich, eine Kompagnie der Achtundneunziger marschierte mit strammer

Kopfwendung an Willi vorbei. Willi führte dankend die Hand ein paarmal an die Kappe. – »Wohin, Wieseltier?« fragte er herablassend den Kadetten, der als Letzter kam. – »Feuerwehrwiese, Herr Leutnant.« Willi nickte wie zum Einverständnis und blickte den Achtundneunzigern eine Weile nach, ohne sie zu sehen. Der Posten stand immer noch salutierend, als Willi durch das Tor schritt, das nun hinter ihm geschlossen wurde.

Kommandorufe vom Ende des Hofs her schnarrten ihm ins Ohr. Ein Trupp von Rekruten übte Gewehrgriffe unter der Leitung eines Korporals. Der Hof lag sonnbeglänzt und kahl, da und dort ragten ein paar Bäume in die Luft. Die Mauer entlang schritt Willi weiter; er sah zu seinem Fenster auf, sein Bursche erschien im Rahmen, blickte hinab, stand einen Augenblick stramm und verschwand. Willi eilte die Treppen hinauf; noch im Vorraum, wo der Bursche sich eben anschickte, den Schnellkocher anzuzünden, entledigte er sich des Kragens, öffnete den Waffenrock. – »Herr Leutnant, melde gehorsamst, Kaffee ist gleich fertig.« – »Gut ist's«, sagte Willi, trat ins Zimmer, schloß die Tür hinter sich, legte den Rock ab, warf sich in Hosen und Schuhen aufs Bett.

Vor neun kann ich unmöglich zu Onkel Robert, dachte er. Ich werde ihn für alle Fälle gleich um zwölftausend bitten, kriegt der Bogner auch seine tausend, wenn er sich nicht inzwischen totgeschossen hat. Übrigens, wer weiß, vielleicht hat er wirklich beim Rennen gewonnen und ist sogar imstande, *mich* herauszureißen. Ha, elftausend, zwölftausend, die gewinnen sich nicht so leicht beim Totalisator.

Die Augen fielen ihm zu. Pik-Neun – Karo-Aß – Herz-König – Pik-Acht – Pik-Aß – Treff-Bub – Karo-Vier – so tanzten die Karten an ihm vorüber. Der Bursche brachte den Kaffee, rückte den Tisch näher ans Bett, schenkte ein, Willi stützte sich auf den Arm und trank. »Soll ich Herrn Leutnant vielleicht Stiefel ausziehn?« – Willi schüttelte den Kopf. »Nicht mehr der Müh' wert.« – »Soll ich Herrn Leutnant später wecken?« – und da ihn Willi wie verständnislos ansah – »Melde gehorsamst, sieben Uhr Schul'.« – Willi schüttelte wieder den Kopf. »Bin marod, muß zum Doktor. Sie melden mich beim Herrn Hauptmann … marod, verstehen S', Dienstzettel schick' ich nach. Bin zu einem Professor bestellt, wegen Augen, um neun Uhr. Ich laß den Herrn Kadettstellvertreter Brill bitten, Schule zu halten. Abtreten. – Halt!« – »Herr Leutnant?« – »Um viertel acht gehn S' hinüber zur Alserkirche, der Herr, der gestern früh da war, ja, der Oberleutnant Bogner, wird dort warten. Er möcht' mich freundlichst entschuldigen – habe leider nichts ausgerichtet, verstehen S'?« – »Jawohl, Herr Leutnant.« – »Wiederholen.« – »Herr Leutnant laßt sich entschuldigen, Herr Leutnant haben nichts ausgerichtet.« – »*Leider* nichts ausgerichtet. – Halt. Wenn vielleicht noch Zeit wär' bis heut abend oder morgen früh« – er hielt plötzlich inne. »Nein, nichts mehr. Ich hab' leider nichts ausgerichtet und damit Schluß. Verstehn S'?« – »Jawohl, Herr Leutnant.« – »Und wenn Sie zurückkommen von der Alserkirche, so klopfen S' für alle Fälle. Und jetzt machen S' noch das Fenster zu.«

Der Bursche tat, wie ihm geheißen, und ein greller Kommandoruf im Hofe schnitt in der Mitte ab. Als Joseph die Tür hinter sich schloß, streckte sich Willi wieder hin, und die Augen fielen ihm zu. Karo-Aß – Treff-Sieben – Herz-König – Karo-Acht – Pik-Neun – Pik-Zehn – Herz-Dame – verdammte Kanaille, dachte Willi. Denn die Herzdame war eigentlich das Fräulein Keßner. Wär' ich nicht bei dem Tisch stehn geblieben, so wär' das ganze Malheur nicht passiert. Treff-Neun – Pik-Sechs – Pik-Fünf – Pik-König – Herz-König – Treff-König – Nehmen Sie's nicht leicht, Herr Leutnant. – Hol' ihn der Teufel, das Geld kriegt er, aber dann schick' ich ihm zwei Herren – geht ja nicht – er ist ja nicht einmal satisfaktionsfähig – Herz-König – Pik-Bub – Karo-Dame – Karo-Neun – Pik-Aß – so tanzten sie vorüber, Karo-Aß, Herz-Aß … sinnlos, unaufhaltsam, daß ihn die Augen unter den Lidern schmerzten. Es gab gewiß auf der ganzen Welt nicht so viele Kartenspiele, als vor ihm in dieser Stunde vorüberrasten.

Es klopfte, jäh erwachte er, auch vor seinen offenen Augen noch rasten sie weiter. Der Bursche stand da. »Herr Leutnant, melde gehorsamst, der Herr Oberleutnant laßt sich vielmals bedanken für die Mühe und laßt den Herrn Leutnant schönstens grüßen.« – »So. – Sonst – sonst hat er nix g'sagt?« – »Nein, Herr Leutnant, der Herr Oberleutnant hat sich umgedreht und ist gleich wieder gegangen.« – »So – hat er sich gleich wieder umgedreht … Und haben S' mich marod gemeldet?« – »Jawohl, Herr Leutnant.« Und da Willi sah, wie der Bursche grinste, fragte er: »Was lachen S' denn so dumm?« – »Melde gehorsamst, wegen dem Herrn Hauptmann.« – »Warum denn? Was hat er denn g'sagt, der Herr Hauptmann?« – Und immer noch grinsend, erzählte der Bursche: »Zum Augenarzt muß der Herr Leutnant, hat der Herr Hauptmann g'sagt, hat sich wahrscheinlich in ein Mädel verschaut, der Herr Leutnant.« – Und da Willi dazu nicht lächelte, fügte der Bursche etwas erschrocken hinzu: »Hat der Herr Hauptmann gesagt, melde gehorsamst.« – »Abtreten«, sagte Willi.

Während er sich fertigmachte, überdachte er bei sich allerlei Sätze, übte innerlich den Tonfall der Reden ein, mit denen er des Onkels Herz zu bewegen hoffte. Zwei Jahre lang hatte er ihn nicht gesehen. Er war in diesem Augenblick kaum imstande, sich Wilrams Wesen, ja auch nur dessen Gesichtszüge zu vergegenwärtigen; es tauchte immer wieder eine andere Erscheinung mit anderem Gesichtsausdruck, anderen Gewohnheiten, einer anderen Art zu reden vor ihm auf, und er konnte nicht vorherwissen, welcher er heute gegenüberstehen würde.

Von der Knabenzeit her hatte er den Onkel als einen schlanken, immer sehr sorgfältig gekleideten, immerhin noch jungen Mann im Gedächtnis, wenn ihm auch der um fünfundzwanzig Jahre Ältere damals schon als recht reif erschienen war. Robert Wilram kam immer nur für wenige Tage zu Besuch in das ungarische Städtchen, wo der Schwager, damals noch *Major* Kasda, in Garnison lag. Vater und Onkel verstanden einander nicht sonderlich gut, und Willi erinnerte sich sogar dunkel eines auf den Onkel bezüglichen Wortwechsels zwischen den Eltern, der damit geendet hatte, daß die Mutter weinend aus dem Zimmer gegangen war. Von dem Beruf des Onkels war kaum jemals die Rede gewesen, doch glaubte Willi sich zu besinnen, daß Robert Wilram eine Staatsbeamtenstelle bekleidet und, früh verwitwet, wieder aufgegeben hatte. Von seiner verstorbenen Frau erbte er ein kleines Vermögen, lebte seither als Privatmann und reiste viel in der Welt herum. Die Nachricht vom Tode der Schwester hatte ihn in Italien ereilt, er traf erst nach dem Begräbnis ein, und es blieb Willis Gedächtnis für immer eingeprägt, wie der Onkel, mit ihm am Grabe stehend, tränenlos, doch mit einem Ausdruck düsteren Ernstes auf die kaum noch verwelkten Kränze herabgesehen hatte. Bald darauf waren sie zusammen aus der kleinen Stadt abgereist; Robert Wilram nach Wien und Willi zurück nach Wiener-Neustadt in die Kadettenschule. Von dieser Zeit an besuchte er den Onkel manchmal an Sonn- und Feiertagen, wurde von ihm ins Theater oder in Restaurants mitgenommen; später, nach des Vaters plötzlich erfolgtem Tod, nachdem Willi als Leutnant zu einem Wiener Regiment eingeteilt worden war, bestimmte ihm der Onkel aus freien Stücken einen monatlichen Zuschuß, der auch während seiner gelegentlichen Reisen, durch eine Bank, pünktlich an den jungen Offizier ausbezahlt wurde. Von einer dieser Reisen, auf der er gefährlich erkrankt ge-

wesen war, kam Robert Wilram auffällig gealtert zurück, und während der monatliche Zuschuß auch weiterhin regelmäßig an Willis Adresse gelangte, trat im persönlichen Verkehr zwischen Onkel und Neffe manche kürzere und längere Unterbrechung ein, wie denn die Epochen in Robert Wilrams Existenz überhaupt in eigentümlicher Weise abzuwechseln schienen. Es gab Zeiten, in denen er ein heiteres und geselliges Wesen zur Schau trug, mit dem Neffen wie früher Restaurants, Theater und nun auch Vergnügungslokale leichteren Charakters zu besuchen pflegte, bei welchen Gelegenheiten meist auch irgendeine muntere junge Dame anwesend war, die Willi bei diesem Anlaß gewöhnlich zum erstenmal und niemals ein zweites Mal wiedersah. Dann wieder gab es Wochen, in denen der Onkel sich vollkommen aus der Welt und von den Menschen zurückzuziehen schien; und wenn Willi überhaupt vorgelassen wurde, so fand er sich einem ernsten, wortkargen, frühgealterten Mann gegenüber, der in einen dunkelbraunen talarartigen Schlafrock gehüllt, mit der Miene eines vergrämten Schauspielers, in dem nie ganz hellen, hochgewölbten Zimmer auf und ab ging oder auch lesend oder arbeitend bei künstlichem Licht an seinem Schreibtisch saß. Das Gespräch ging dann meistens mühsam und schleppend, als wäre man einander völlig fremd geworden; einmal nur, da zufällig von einem Kameraden Willis die Rede war, der kürzlich aus unglücklicher Liebe seinem Leben ein Ende gemacht hatte, öffnete Robert Wilram eine Schreibtischlade, entnahm ihr zu Willis Verwunderung eine Anzahl beschriebener Blätter und las dem Neffen einige philosophische Bemerkungen über Tod und Unsterblichkeit, auch manches Abfällige und Schwermütige über die Frauen im allgemeinen vor, wobei er der Anwesenheit des Jüngeren, der nicht ohne Verlegenheit und eher gelangweilt zuhörte, völlig zu vergessen schien. Gerade als Willi ein leichtes Gähnen vergeblich zu unterdrücken versuchte, geschah es, daß der Onkel den Blick von dem Manuskript erhob; seine Lippen kräuselten sich zu einem leeren Lächeln, er faltete die Blätter zusammen, tat sie wieder in die Lade und sprach unvermittelt von anderen Dingen, wie sie dem Interesse eines jungen Offiziers näher liegen mochten. Auch nach diesem wenig geglückten Zusammensein gab es immerhin noch eine Anzahl von vergnügten Abenden nach der alten Weise; auch kleine Spaziergänge zu zweit, besonders an schönen Feiertagsnachmittagen, kamen vor; eines Tages aber, da Willi den Onkel aus der Wohnung abholen sollte, kam eine Absage und kurz darauf ein Brief Wilrams, er sei jetzt so dringend beschäftigt, daß er Willi leider bitten müsse, von weiteren Besuchen vorläufig abzusehen. Bald blieben auch die Geldsendungen aus. Eine höfliche, schriftliche Erinnerung wurde nicht beantwortet, einer zweiten erging es ebenso, auf eine dritte erfolgte der Bescheid, daß Robert Wilram zu seinem Bedauern sich genötigt sehe, »wegen grundlegender Veränderung seiner Verhältnisse«, weitere Zuwendungen »selbst an nächststehende Personen« einzustellen. Willi versuchte, den Onkel persönlich zu sprechen. Er wurde zweimal nicht empfangen, ein drittes Mal sah er den Onkel, der sich hatte verleugnen lassen, eben rasch in der Türe verschwinden. So mußte er endlich die Aussichtslosigkeit jeder weiteren Bemühung einsehen, und es blieb ihm nichts übrig, als sich auf das Möglichste einzuschränken. Die geringfügige Erbschaft von der Mutter her, mit der er bisher hausgehalten, war eben erst aufgezehrt, doch hatte er sich seiner Art nach über die Zukunft bisher keinerlei ernste Gedanken gemacht, bis nun mit einemmal, von einem Tag, von einer Stunde zur anderen, die Sorge gleich in ihrer drohendsten Gestalt auf seinem Wege stand.

In gedrückter, aber nicht hoffnungsloser Stimmung schritt er endlich die gewundene, stets in Halbdunkel getauchte Offizierstiege hinab und erkannte den Mann nicht gleich, der ihm mit vorgestreckten Armen den Weg versperrte.

»Willi!« Es war Bogner, der ihn anrief.

»Du bist's?« Was wollte der? »Weißt du denn nicht? Hat dir der Joseph nicht ausgerichtet?«

»Ich weiß, ich weiß, ich will dir nur sagen – für alle Fälle –, daß die Revision auf morgen verschoben ist.«

Willi zuckte die Achseln. Das interessierte ihn wahrhaftig nicht sehr.

»Verschoben, verstehst du!«

»Es ist ja nicht gar so schwer, zu verstehen«, und er nahm eine Stufe nach abwärts.

Bogner ließ ihn nicht weiter. »Das ist doch ein Schicksalszeichen«, rief er. »Das kann ja die Rettung bedeuten. Sei nicht bös, Kasda, daß ich noch einmal – – ich weiß ja, daß du gestern kein Glück gehabt hast –«

»Allerdings«, stieß Willi hervor, »allerdings hab' ich kein Glück gehabt.« Und mit einem Auflachen: »Alles hab' ich verloren– und noch etwas mehr.« Und unbeherrscht, als stände in Bogner die eigentliche und einzige Ursache seines Unglücks ihm gegenüber: »Elftausend Gulden, Mensch, elftausend Gulden!«

»Donnerwetter, das ist freilich … was gedenkst du …« Er unterbrach sich. Ihre Blicke trafen einander, und Bogners Züge erhellten sich. »Da gehst du ja doch wohl zu deinem Onkel?«

Willi biß sich in die Lippen. Zudringlich! Unverschämt! dachte er bei sich, und es fehlte nicht viel, so hätte er es ausgesprochen.

»Verzeih – es geht mich ja nichts an – vielmehr, ich darf ja da nichts dreinreden, um so weniger, als ich gewissermaßen mitschuldig – – na ja –, aber wenn du's schon versuchst, Kasda – – ob zwölf- oder elftausend, das kann doch deinem Onkel ziemlich egal sein.«

»Du bist verrückt, Bogner. Ich werd' die elftausend so wenig kriegen, als ich zwölf kriegen tät.«

»Aber du gehst doch hin, Kasda!«

»Ich weiß nicht –«

»Willi – –«

»Ich weiß nicht«, wiederholte er ungeduldig. »Vielleicht – vielleicht auch nicht … Adieu.« Er schob ihn beiseite und stürzte die Treppe hinab.

Zwölf oder elf, das war keineswegs gleichgültig. Gerade auf den einen Tausender konnte es ankommen! – Und es summte in seinem Kopf: Elf, zwölf – elf, zwölf – elf, zwölf! Nun, er müßte sich ja nicht früher entscheiden, als er vor dem Onkel stand. Der Moment sollte es ergeben. Jedenfalls war es eine Dummheit, daß er vor Bogner die Summe genannt, daß er sich überhaupt auf der Treppe hatte aufhalten lassen. Was ging ihn der Mensch an? Kameraden – nun ja, aber eigentliche *Freunde* waren sie doch nie gewesen! Und nun sollte sein Schicksal mit dem Bogners plötzlich unlöslich verbunden sein? Unsinn. Elf, zwölf – elf, zwölf. Zwölf, das klang vielleicht besser als elf, vielleicht brachte es ihm Glück … vielleicht geschah das Wunder – gerade, wenn er zwölf verlangte. Und während des ganzen Weges, von der Alserkaserne durch die Stadt bis zu dem uralten Haus in der engen Straße hinter dem Stefansdom, überlegte er, ob er den Onkel um elf- oder um zwölftausend Gulden bitten sollte – als hinge der Erfolg, als hinge am Ende sein Leben davon ab.

Eine ältliche Person, die er nicht kannte, öffnete auf sein Klingeln. Willi nannte seinen Namen. Der Onkel – ja, er sei nämlich der Neffe des Herrn Wilram – der Onkel möge entschuldigen, es handle sich um eine sehr dringende Angelegenheit, und er werde keineswegs lange stören. Die Frau, zuerst unschlüssig, entfernte sich, kam merkwürdig rasch mit freundlicherer Miene wieder, und Willi – tief atmete er auf – wurde sofort vorgelassen.

X.

Der Onkel stand an einem der beiden hohen Fenster; er trug nicht den talarartigen Schlafrock, in dem Willi ihn anzutreffen erwartet hatte, sondern einen gutgeschnittenen, aber etwas abgetragenen, hellen Sommeranzug und Lackhalbschuhe, die ihren Glanz verloren hatten. Mit einer weitläufigen, aber müden Geste winkte er dem Neffen entgegen. »Grüß dich Gott, Willi. Schön, daß du dich wieder einmal um deinen alten Onkel umschaust. Ich hab' geglaubt, du hast mich schon ganz vergessen.«

Die Antwort lag nahe, daß man ihn die letzten Male nicht empfangen und seine Briefe nicht beantwortet hatte, aber er hielt es für geratener, sich vorsichtiger auszudrücken. »Du lebst ja so zurückgezogen«, sagte er, »ich hab' nicht wissen können, ob dir ein Besuch auch willkommen gewesen wäre.«

Das Zimmer war unverändert. Auf dem Schreibtisch lagen Bücher und Papiere, der grüne Vorhang vor der Bibliothek war halbseits zugezogen, so daß einige alte Lederbände sichtbar waren; über den Diwan war, wie früher, der Perserteppich gebreitet, und etliche gestickte Kopfkissen lagen darauf. An der Wand hingen zwei vergilbte Kupferstiche, die italienische Landschaften darstellten, und Familienporträts in mattgoldenen Rahmen; das Bild der Schwester hatte seinen Platz, wie früher, auf dem Schreibtisch, Willi erkannte es an Umriß und Rahmen von rückwärts.

»Willst du dich nicht setzen?« fragte Robert Wilram.

Willi stand, die Kappe in der Hand, mit umgeschnalltem Säbel, stramm, wie zu einer dienstlichen Meldung. Und in einem zu seiner Haltung nicht ganz stimmenden Tone begann er: »Die Wahrheit zu sagen, lieber Onkel, ich wär' wahrscheinlich auch heute nicht gekommen, wenn ich nicht – – also, mit einem Wort, es handelt sich um eine sehr, sehr ernste Angelegenheit.«

»Was du nicht sagst«, bemerkte Robert Wilram freundlich, aber ohne besondere Teilnahme.

»Für *mich* wenigstens ernst. Kurz und gut, ohne weitere Umschweife, 550 ich habe eine Dummheit begangen, eine große Dummheit. Ich – habe gespielt und habe mehr verspielt, als ich im Vermögen gehabt habe.«

»Hm, das ist schon ein bißl mehr wie eine Dummheit«, sagte der Onkel.

»Ein Leichtsinn war's«, bestätigte Willi, »ein sträflicher Leichtsinn. Ich will nichts beschönigen. Aber die Sache steht leider so: Wenn ich meine Schuld bis heute abend sieben Uhr nicht bezahlt habe, bin ich – bin ich einfach –« er zuckte die Achseln und hielt inne wie ein trotziges Kind.

Robert Wilram schüttelte bedauernd den Kopf, aber er erwiderte nichts. Die Stille im Raum wurde sofort unerträglich, so daß Willi gleich wieder zu reden anfing. Hastig berichtete er sein gestriges Erlebnis. Er sei nach Baden gefahren, um einen kranken Kameraden zu besuchen, sei dort mit anderen Offizieren, guten alten Bekannten, zusammengetroffen und habe sich zu einer Spielpartie verleiten lassen, die, anfangs ganz solid, im weiteren Verlauf, ohne sein Dazutun, in ein wildes Hasard ausgeartet sei. Die Namen der Beteiligten möchte er lieber verschweigen mit Ausnahme desjenigen, der sein Gläubiger geworden sei, ein Großkaufmann, ein südamerikanischer Konsul, ein gewisser Herr Schnabel, der unglücklicherweise morgen früh nach Amerika reise und für den Fall, daß die Schuld nicht bis abends beglichen sei, mit der Anzeige ans Regimentskommando gedroht habe. »Du weißt, Onkel, was das zu bedeuten hat«, schloß Willi und ließ sich plötzlich ermüdet auf den Diwan nieder.

Der Onkel, den Blick über Willi hinweg auf die Wand gerichtet, aber immer noch freundlich, fragte: »Um was für einen Betrag handelt es sich denn eigentlich?«

Wieder schwankte Willi. Zuerst dachte er doch die tausend Gulden für Bogner dazuzuschlagen, dann aber war er plötzlich überzeugt, daß gerade der kleine Mehrbetrag den Ausgang in Frage stellen könnte, und so nannte er nur die Summe, die er für seinen Teil schuldig war.

»Elftausend Gulden«, wiederholte Robert Wilram kopfschüttelnd, und es klang fast ein Ton von Bewunderung mit.

»Ich weiß«, erwiderte Willi rasch, »es ist ein kleines Vermögen. Ich versuche auch gar nicht, mich zu rechtfertigen. Es war ein niederträchtiger Leichtsinn, ich glaub' der erste – gewiß aber der letzte meines Lebens. Und ich kann nichts anderes tun, als dir schwören, Onkel, daß ich in meinem ganzen Leben keine Karte mehr anrühren, daß ich mich bemühen werde, dir durch ein streng solides Leben meine ewige Dankbarkeit zu beweisen, ja, ich bin bereit – ich erkläre feierlich, auf jeden Anspruch für später, der mir etwa durch unsere Verwandtschaft erwachsen könnte, ein für allemal zu verzichten, wenn du nur diesmal, dieses eine Mal, – Onkel –«

Nachdem Robert Wilram bisher immer noch keine innere Bewegung gezeigt hatte, schien er nun allmählich in eine gewisse Unruhe zu geraten. Schon früher hatte er die eine Hand wie abwehrend erhoben, nahm nun die andere zu Hilfe, als wollte er den Neffen durch eine möglichst ausdrucksvolle Geste zum Schweigen bringen, und mit einer ungewohnt hohen, fast schrillen Stimme unterbrach er ihn. »Bedauere sehr, bedauere aufrichtig, ich kann dir beim besten Willen nicht helfen.« Und da Willi den Mund zu einer Erwiderung auftat: »*Absolut* nicht helfen; jedes weitere Wort wäre überflüssig, also bemühe dich nicht weiter.« Und er wandte sich dem Fenster zu.

Willi, zuerst wie vor den Kopf geschlagen, besann sich, daß er doch keineswegs hatte hoffen dürfen, den Onkel im ersten Ansturm zu besiegen, und so begann er von neuem: »Ich gebe mich ja keiner Täuschung hin, Onkel, daß meine Bitte eine Unverschämtheit ist, eine Unverschämtheit ohnegleichen; – ich hätte auch nie und nimmer gewagt, an dich heranzutreten, wenn nur die geringste Möglichkeit bestände, das Geld in irgendeiner anderen Weise aufzutreiben. Du mußt dich nur in meine Lage versetzen, Onkel. Alles, alles steht für mich auf dem Spiel, nicht nur meine Existenz als Offizier. Was soll ich, was kann ich denn anderes anfangen? Ich hab' ja sonst nichts gelernt, ich versteh' ja nichts weiter. Und ich kann doch überhaupt nicht als weggejagter Offizier – grad gestern hab' ich zufällig einen früheren Kameraden wiedergetroffen, der auch – nein, nein, lieber eine Kugel vor den Kopf. Sei mir nicht bös, Onkel. Du mußt dir das nur vorstellen. Der Vater war Offizier, der Großvater ist als Feldmarschalleutnant gestorben. Um Gottes willen, es kann doch nicht so mit mir enden. Das wäre doch eine zu harte Strafe für einen leichtsinnigen Streich. Ich bin ja kein Gewohnheitsspieler, das weißt du. Ich hab' nie Schulden gemacht. Auch im letzten Jahr nicht, wo es mir ja manchmal recht schwer zusammengegangen ist. Und ich habe mich nie verleiten lassen, obwohl man es mir direkt angetragen hat. Freilich, ein solcher Betrag! Ich glaube, nicht einmal zu Wucherzinsen könnte ich mir je einen solchen Betrag beschaffen. Und wenn schon, 552 was käm' dabei heraus? In einem halben Jahr wär' ich das Doppelte schuldig, in einem Jahr das Zehnfache – und –«

»Genug, Willi«, unterbrach ihn Wilram endlich mit noch schrillerer Stimme als vorher. »Genug, ich *kann* dir nicht helfen; – ich möcht' ja gern, aber ich kann nicht. Verstehst du? Ich hab' selber nichts, nicht hundert Gulden hab' ich im Vermögen, wie du mich da siehst. Da, da ...« Er riß eine Lade nach der andern auf, die Schreibtischladen, die Kommodenladen, als wäre es ein Beweis für die Wahrheit seiner Worte, daß dort freilich keinerlei Banknoten oder Münzen zu sehen waren, sondern nur Papiere, Schachteln, Wäsche, allerlei Kram. Dann warf er auch seine Geldbörse auf den Tisch hin. »Kannst selber nachschaun, Willi, und wenn du mehr findest als hundert Gulden, so kannst du mich meinetwegen halten – wofür du willst.« Und plötzlich sank er in den Stuhl vor dem Schreibtisch hin und ließ die Arme schwer auf die Platte hinfallen, so daß einige Bogen Papier auf den Fußboden flatterten.

Willi hob sie beflissen auf, dann ließ er den Blick durch den Raum schweifen, als müßte er nun doch da oder dort irgendwelche Veränderungen entdecken, die den so unbegreiflich veränderten Verhältnissen des Onkels entsprächen. Aber alles sah genau so aus wie vor zwei oder drei Jahren. Und er fragte sich, ob sich denn wirklich die Dinge so verhalten müßten, wie es der Onkel versicherte. War der sonderbare alte Mann, der ihn vor zwei Jahren so unerwartet, so plötzlich im Stich gelassen hatte, nicht auch imstande, durch eine Lüge, die er durch Komödienspielerei glaubhafter machen wollte, sich vor weiterem Drängen und Flehen des Neffen schützen zu wollen? Wie? Man lebte in einer wohlgehaltenen Wohnung der inneren Stadt mit einer Art von Wirtschafterin, die schönen Ledereinbände standen wie früher im Bücherschrank, die mattgold gerahmten Bilder hingen noch alle an den Wänden –, und der Besitzer all dieser Dinge sollte indes zum Bettler geworden sein? Wo wäre denn sein Vermögen hingekommen im Verlauf dieser letzten zwei oder drei Jahre? Willi glaubte ihm nicht. Er hatte nicht den geringsten Grund, ihm zu glauben, und noch weniger Grund hatte er, sich einfach geschlagen zu geben, da er doch in keinem Fall mehr etwas zu verlieren hatte. So entschloß er sich zu einem letzten Versuch, der aber weniger kühn ausfiel, als er sich vorgenommen; denn mit einemmal, zu seiner eigenen Verwunderung, zu seiner Beschämung stand er vor 553

Onkel Robert mit gefalteten Händen da und flehte: »Es geht um mein Leben, Onkel, glaube mir, es geht um mein Leben. Ich bitte dich, ich –« Die Stimme versagte ihm, einer plötzlichen Eingebung folgend ergriff er die Photographie der Mutter und hielt sie dem Onkel wie beschwörend entgegen. Der aber, mit leichtem Stirnrunzeln, nahm ihm das Bild sanft aus der Hand, stellte es ruhig auf seinen Platz zurück, und leise, durchaus nicht unwillig, bemerkte er: »Deine Mutter hat mit der Sache nichts zu tun. Sie kann dir nicht helfen – so wenig als mir. Wenn ich dir nicht helfen *wollte,* Willi, brauchte ich ja keine Ausrede. Verpflichtungen, besonders in einem solchen Fall, erkenne ich nicht an. Und, meiner Ansicht nach, kann man immer noch ein ganz anständiger Mensch sein – und werden, auch in Zivil. Die *Ehre* verliert man auf andere Weise. Aber so weit, daß du das begreifst, kannst du heute noch nicht sein. Und darum sage ich dir noch einmal: Hätte ich das Geld, verlaß dich drauf, ich würde es dir geben. Aber ich hab's nicht. *Nichts* hab' ich. Ich hab' mein Vermögen nicht mehr. Ich besitze nur mehr eine Leibrente. Ja, jeden Ersten und Fünfzehnten kriege ich so und so viel ausgezahlt, und heute« – er wies mit einem trüben Lächeln auf die Geldbörse –, »heute ist der Siebenundzwanzigste.« Und da er in Willis Augen plötzlich einen Hoffnungsstrahl erschimmern sah, fügte er gleich hinzu: »Ah, du meinst, auf meine Leibrente könnte ich ein Darlehen aufnehmen. Ja, mein lieber Willi, es kommt eben darauf an, *woher* man sie hat und unter welchen Bedingungen man sie gekriegt hat.«

»Vielleicht, Onkel, vielleicht wäre es doch möglich, vielleicht könnten wir gemeinsam –«

Robert Wilram aber unterbrach ihn heftig: »Nichts ist möglich, absolut nichts.« Und wie in dumpfer Verzweiflung: »Ich kann dir nicht helfen, glaub' mir, ich kann nicht.« Und er wandte sich ab.

»Also«, erwiderte Willi nach kurzem Besinnen, »da kann ich halt nichts tun, als dich um Verzeihung bitten, daß ich – adieu, Onkel.« Er war schon an der Tür, als die Stimme Roberts ihn wieder festbannte. »Willi, komm her, ich will nicht, daß du mich – ich kann's dir ja sagen, also kurz und gut, ich habe nämlich mein Vermögen, gar so viel war es ja nicht mehr, meiner Frau überschrieben.«

»Du bist verheiratet!« rief Willi erstaunt aus, und eine neue Hoffnung erglänzte in seinen Augen. »Also, wenn deine Frau Gemahlin das Geld hat, dann müßte sich doch ein Modus finden lassen – ich meine, wenn du deiner Frau Gemahlin sagst, daß es sich –«

Robert Wilram unterbrach ihn mit einer ungeduldigen Handbewegung. »Gar nichts werde ich ihr sagen. Dring nicht weiter in mich. Wär' alles vergeblich.« Er hielt inne.

Willi aber, nicht gewillt, die letzte aufgetauchte Hoffnung gleich wieder aufzugeben, versuchte aufs neue anzuknüpfen und begann: »Deine – Frau Gemahlin lebt wahrscheinlich nicht in Wien?«

»O ja, sie lebt in Wien, aber nicht mit mir zusammen, wie du siehst.« Er ging ein paarmal im Zimmer hin und her, dann, mit einem bitteren Lachen, sagte er: »Ja, ich habe mehr verloren als ein Portepee und lebe auch weiter. Ja, Willi –« er unterbrach sich plötzlich und begann gleich wieder von neuem: »Vor anderthalb Jahren habe ich ihr mein Vermögen überschrieben – freiwillig. Und ich habe es eigentlich mehr um meinetwillen getan als um ihretwillen … Denn ich bin ja nicht sehr haushälterisch angelegt, und sie – sie ist sehr sparsam, das muß man ihr lassen, und auch sehr geschäftstüchtig und hat das Geld vernünftiger angelegt, als ich das je getroffen hätte. Sie hat es in irgendwelchen Unternehmungen investiert – in die näheren Umstände bin ich nicht eingeweiht –, ich verstünde auch nichts davon. Und die Rente, die ich ausbezahlt bekomme, beträgt zwölfeinhalb Prozent, das ist nicht wenig, also beklagen darf ich mich nicht … Zwölfeinhalb Prozent. Aber auch keinen Kreuzer mehr. Und jeder Versuch, den ich anfangs unternommen habe, um gelegentlich einen Vorschuß zu bekommen, war umsonst. Nach dem zweiten Versuch habe ich es übrigens wohlweislich unterlassen. Denn dann habe ich sie sechs Wochen nicht zu sehen bekommen, und sie hat einen Eid geschworen, daß ich sie überhaupt nie wieder zu Gesicht bekomme, wenn ich jemals wieder mit einem solchen Ansinnen an sie herantrete. Und das – das hab' ich nicht riskieren wollen. Ich brauch' sie nämlich, Willi, ich kann ohne sie nicht existieren. Alle acht Tage sehe ich sie, alle acht Tage kommt sie einmal zu mir. Ja, sie hält unsern Pakt, sie ist überhaupt das ordentlichste Geschöpf der Welt. Noch nie ist sie ausgeblieben, und auch das Geld war jeden Ersten und Fünfzehnten pünktlich da. Und im Sommer sind wir alljährlich ganze vierzehn Tage irgendwo auf dem Land beisammen. Das steht auch in unserm Kontrakt. Aber die übrige Zeit, die gehört ihr.«

»Und du selbst, Onkel, besuchst sie nie?« fragte Willi einigermaßen verlegen.

»Aber freilich, Willi. Am ersten Weihnachtsfeiertag, am Ostersonntag und am Pfingstmontag. Der ist heuer am achten Juni.«

»Und wenn du, verzeih, Onkel, wenn es dir einmal einfiele, an irgendeinem andern Tag – du bist doch schließlich ihr Mann, Onkel, und wer weiß, ob es ihr nicht eher schmeicheln würde, wenn du einmal –«

»Kann ich nicht riskieren«, unterbrach ihn Robert Wilram. »Einmal – weil ich dir schon alles gesagt habe – also einmal bin ich am Abend in ihrer Straße auf und ab gegangen, in der Nähe von ihrem Haus, zwei Stunden lang –«

»Nun und?«

»Sie ist nicht sichtbar geworden. Aber am nächsten Tag ist ein Brief von ihr gekommen, in dem ist nur gestanden, daß ich sie in meinem Leben nicht wieder zu sehen bekomme, wenn ich es mir noch einmal einfallen ließe, vor ihrem Wohnhaus herumzupromenieren. Ja, Willi, so steht's. Und ich weiß, wenn mein eigenes Leben daran hinge – sie ließ' mich eher zugrunde gehen, als daß sie mir auch nur den zehnten Teil von dem, was du verlangst, außer der Zeit ausbezahlen würde. Da wirst du viel eher den Herrn Konsul zur Nachgiebigkeit bewegen, als ich jemals das Herz meiner ›Frau Gemahlin‹ zu erweichen imstande wäre.«

»Und – – war sie denn immer so?« fragte Willi.

»Das ist doch egal«, erwiderte Robert Wilram ungeduldig. »Auch wenn ich alles vorausgesehen hätte, es hätte mir nichts genützt. Ich war ihr verfallen vom ersten Moment an, wenigstens von der ersten Nacht an, und die war unsere Hochzeitsnacht.«

»Selbstverständlich«, sagte Willi, wie vor sich hin.

Robert Wilram lachte auf. »Ah, du meinst, sie ist eine anständige junge Dame gewesen aus einer guten bürgerlichen Familie? Gefehlt, mein lieber Willi, eine Dirne ist sie gewesen. Und wer weiß, ob sie es nicht heut noch ist – für andere.«

Willi fühlte sich verpflichtet, durch eine Geste seine Zweifel anzudeuten; und er hegte sie wirklich, weil er sich nach dem ganzen Bericht des Onkels dessen Frau unmöglich als ein junges und reizvolles Geschöpf vorzustellen imstande war. Er hatte sie die ganze Zeit über als eine hagere, gelbliche, geschmacklos gekleidete, ältliche Person mit einer spitzen Nase vor sich gesehen, und flüchtig dachte er, ob der Onkel nicht seiner Empörung über die unwürdige Behandlung, die er von ihr erleiden mußte, durch eine bewußt ungerechte Beschimpfung Luft machen wollte. Aber Robert Wilram schnitt ihm jedes Wort ab und sprach gleich weiter. »Also, Dirne ist ja vielleicht zu viel gesagt – Blumenmädel war

sie halt damals. Beim ›Hornig‹ hab’ ich sie zum erstenmal gesehen vor
vier oder fünf Jahren; du übrigens auch. Ja, du wirst dich vielleicht noch
an sie erinnern.« Und auf Willis fragenden Blick: »Wir waren damals
in einer größeren Gesellschaft dort, ein Jubiläum von dem Volkssänger
Kriebaum war’s, ein knallrotes Kleid hat sie angehabt, einen blonden
Wuschelkopf und eine blaue Schleife um den Hals.« Und mit einer Art
verbissener Freude setzte er hinzu: »Ziemlich ordinär hat sie ausgesehen.
Im nächsten Jahr beim Ronacher, da hat sie schon ganz anders ausge-
schaut, da hat sie sich ihre Leute schon aussuchen können. Ich hab’
leider kein Glück bei ihr gehabt. Mit anderen Worten: ich war ihr halt
nicht zahlungsfähig genug im Verhältnis zu meinen Jahren – na, und
dann ist es eben gekommen, wie es manchmal zu kommen pflegt, wenn
sich ein alter Esel von einem jungen Frauenzimmer den Kopf verdrehen
läßt. Und vor zweieinhalb Jahren habe ich das Fräulein Leopoldine Lebus
zur Frau genommen.«

Also Lebus hat sie mit dem Zunamen geheißen, dachte Willi. Denn
daß das Mädel, von dem der Onkel erzählte, niemand anders sein
konnte als die Leopoldine – wenn Willi auch diesen Namen längst
wieder vergessen hatte –, das war ihm in demselben Augenblick klar
gewesen, da der Onkel den Hornig, das rote Kleid und den blonden
Wuschelkopf erwähnt hatte. Natürlich hatte er sich wohl gehütet, sich
zu verraten, denn wenn sich der Onkel auch über das Vorleben des
Fräulein Leopoldine Lebus keinerlei Illusionen zu machen schien, es
wäre ihm doch gewiß recht peinlich gewesen, zu ahnen, wie jener Abend
beim Hornig geendet, oder gar zu erfahren, daß Willi nachts um drei,
nachdem er den Onkel zuerst nach Hause gebracht, die Leopoldine
heimlich wieder getroffen hatte und bis zum Morgen mit ihr zusammen
geblieben war. So tat er für alle Fälle so, als könnte er sich des ganzen
Abends nicht recht erinnern; und als gälte es, dem Onkel etwas Tröstli-
ches zu sagen, bemerkte er, daß gerade aus solchen Wuschelköpfen
manchmal sehr brave Haus- und Ehefrauen würden, während im Gegen-
satz dazu Mädchen aus guter Familie und mit tadellosem Ruf ihren
späteren Gatten zuweilen schon recht schlimme Enttäuschungen bereitet
hätten. Er wußte auch ein Beispiel von einer Baronesse, die ein Kamerad
geheiratet hatte, also eine junge Dame aus feinster, aristokratischer Familie, und die man kaum zwei Jahre nach der Hochzeit einem andern
Kameraden in einem »Salon«, wo »anständige Frauen« zu fixen Preisen
zu haben wären, zugeführt hatte. Der ledige Kamerad hatte sich verpflich-

557

tet gefühlt, den Ehemann zu verständigen; die Folge: Ehrengericht, Duell, schwere Verwundung des Gatten, Selbstmord der Frau; – der Onkel mußte ja in der Zeitung davon gelesen haben! Die Affäre hatte ja so viel Aufsehen gemacht. Willi sprach sehr lebhaft, als interessiere ihn diese Angelegenheit plötzlich mehr als seine eigene, und es kam ein Augenblick, in dem Robert Wilram einigermaßen befremdet zu ihm aufsah. Willi besann sich, und obwohl doch der Onkel unmöglich auch nur im entferntesten den Plan ahnen konnte, der indes in Willi aufgetaucht und weitergereift war, hielt er es doch für richtig, den Ton zu dämpfen und das Thema, das doch eigentlich nicht hierher gehörte, zu verlassen. Und etwas unvermittelt erklärte er, daß er nach den Aufschlüssen, die ihm der Onkel gegeben, natürlich nicht weiter in ihn dringen dürfe, und er ließ sogar gelten, daß ein Versuch beim Konsul Schnabel immerhin noch eher Aussicht auf Erfolg haben könnte als bei dem gewesenen Fräulein Leopoldine Lebus; und dann wäre es immerhin nicht undenkbar, daß auch der Oberleutnant Höchster, der eine kleine Erbschaft gemacht, vielleicht auch ein Regimentsarzt, der gestern an der Spielpartie teilgenommen hatte, sich gemeinsam bereitfänden, ihn aus seiner fürchterlichen Situation zu retten. Ja, Höchster müsse er vor allem aufsuchen, der hatte heute Kasernendienst.

Der Boden brannte ihm unter den Füßen, er sah auf die Uhr, stellte sich plötzlich noch eiliger an, als er war, reichte dem Onkel die Hand, schnallte den Säbel fester und ging.

XI.

Nun aber kam es vor allem darauf an, Leopoldinens Adresse zu erfahren, und Willi machte sich unverzüglich auf den Weg zum Meldungsamt. Daß sie ihm seine Bitte abschlagen könnte, sobald er sie überzeugt hatte, daß sein Leben auf dem Spiel stand, erschien ihm in diesem Augenblick geradezu unmöglich. Ihr Bild, das im Laufe der seither vergangenen Jahre kaum jemals in ihm aufgetaucht war, jener ganze Abend erstand neu lebendig in seiner Erinnerung. Er sah den blonden Wuschelkopf auf dem grobleinen weißen, rotdurchschimmerten Bettpolster, das blasse, rührend-kindliche Gesicht, auf das durch die Spalten der schadhaften grünen Holzjalousien das Dämmerlicht des Sommermorgens fiel, sah den schmalen Goldreif mit dem Halbedelstein auf dem Ringfinger ihrer Rechten, die über der roten Bettdecke lag, das schmale silberne Armband um das Gelenk ihrer Linken, die sie Abschied winkend aus dem Bett hervorstreckte, als er sie verließ. Sie hatte ihm so gut gefallen, daß er sich beim Abschied fest entschlossen glaubte, sie wiederzusehen; es traf sich aber zufällig, daß gerade damals ein anderes weibliches Wesen ältere Rechte an ihn hatte, die ihm als die ausgehaltene Geliebte eines Bankiers keinen Kreuzer kostete, was bei seinen Verhältnissen immerhin in Betracht kam; – und so fügte es sich, daß er sich weder beim Hornig wieder blicken ließ, noch auch von der Adresse ihrer verheirateten Schwester Gebrauch machte, bei der sie wohnte und wohin er ihr hätte schreiben können. So hatte er sie seit jener einzigen Nacht niemals wiedergesehen. Aber was immer sich seither in ihrem Leben ereignet haben mochte, so sehr konnte sie sich nicht verändert haben, daß sie ruhig geschehen ließe – was eben geschehen mußte, wenn sie eine Bitte zurückwies, die zu erfüllen für sie doch so leicht war.

Er hatte immerhin eine Stunde im Meldungsamt zu warten, bis er den Zettel mit Leopoldinens Adresse in der Hand hielt. Dann fuhr er in einem geschlossenen Wagen bis zur Ecke der Gasse, in der Leopoldine wohnte, und stieg aus.

Das Haus war ziemlich neu, vier Stock hoch, nicht übermäßig freundlich anzusehen, und lag gegenüber einem eingezäunten Holzplatz. Im zweiten Stock öffnete ihm ein nettgekleidetes Dienstmädchen; auf seine Frage, ob Frau Wilram zu sprechen sei, betrachtete sie ihn zögernd, worauf er ihr seine Visitenkarte reichte: Wilhelm Kasda, Leutnant im k.u.k. Infanterie-Regiment Nr. 98, Alserkaserne. Das Mädchen kam sofort mit dem Bescheid wieder, die gnädige Frau sei sehr beschäftigt; – was der Herr Leutnant wünsche? Nun erst fiel ihm ein, daß Leopoldine wahrscheinlich seinen Zunamen nicht kannte. Er überlegte, ob er sich einfach als einen alten Freund oder etwa scherzhaft als einen Cousin des Herrn von Hornig ausgeben sollte, als die Tür sich öffnete, ein älterer, dürftig gekleideter Mensch mit einer schwarzen Aktentasche heraustrat und dem Ausgang zuschritt. Dann ertönte eine weibliche Stimme: »Herr Kraßny!«; was dieser, schon im Stiegenhaus, nicht mehr zu hören schien, worauf die Dame, die gerufen, persönlich ins Vorzimmer trat und nochmals nach Herrn Kraßny rief, so daß dieser sich umwandte. Leopoldine aber hatte den Leutnant schon erblickt und, wie ihr Blick und ihr Lächeln verriet, sofort wiedererkannt. Sie sah dem Geschöpf nicht im geringsten ähnlich, das er in der Erinnerung bewahrt hatte,

559

war stattlich und voll, ja anscheinend größer geworden, trug eine einfache glatte, beinahe strenge Frisur, und, was das merkwürdigste war, auf der Nase saß ihr ein Zwicker, dessen Schnur sie um das Ohr geschlungen hatte.

»Bitte, Herr Leutnant«, sagte sie. – Und nun merkte er, daß ihre Züge eigentlich ganz unverändert waren. »Bitte nur weiterzuspazieren, ich stehe gleich zur Verfügung.« Sie wies auf die Tür, aus der sie gekommen war, wandte sich Herrn Kraßny zu und schien ihm irgendeinen Auftrag, zwar leise und für Willi unverständlich, aber eindringlich einzuschärfen. Willi trat indes in ein helles und geräumiges Zimmer, in dessen Mitte ein langer Tisch stand, mit Tintenzeug, Lineal, Bleistiften und Geschäftsbüchern; an den Wänden rechts und links ragten zwei hohe Aktenschränke, auf der Rückwand über einem Tischchen mit Zeitungen und Prospekten war eine große Landkarte von Europa ausgespannt, und Willi mußte unwillkürlich an das Reisebüro einer Provinzstadt denken, in dem er einmal zu tun gehabt hatte. Gleich darauf aber sah er das armselige Hotelzimmer vor sich, mit den schadhaften Jalousien und dem durchscheinenden Bettpolster – – und es war ihm sonderbar zumute, beinahe wie in einem Traum.

Leopoldine trat ein, schloß die Tür hinter sich, den Zwicker ließ sie nun in den Fingern hin und her spielen, dann streckte sie dem Leutnant die Hand entgegen, freundlich, aber ohne merkliche Erregung. Er beugte sich über die Hand, als wenn er sie küssen wollte, doch sie entzog sie ihm sofort. »Nehmen Sie doch Platz, Herr Leutnant. Was verschafft mir das Vergnügen?« Sie wies ihm einen bequemen Stuhl an; sie selbst nahm ihren offenbar gewohnten Platz auf einem einfacheren Sessel ihm gegenüber an dem langen Tisch mit den Geschäftsbüchern ein. Willi kam sich vor, als wäre er bei einem Advokaten oder Arzt. – »Womit kann ich dienen?« fragte sie nun mit einem beinahe ungeduldigen Ton, der nicht sehr ermutigend klang.

»Gnädige Frau«, begann Willi nach einem leichten Räuspern, »ich muß vor allem vorausschicken, daß es nicht etwa mein Onkel war, der mir Ihre Adresse gegeben hat.«

Sie blickte verwundert auf. »Ihr Onkel?«

»Mein Onkel Robert Wilram«, betonte Willi.

»Ach ja«, lächelte sie und sah vor sich hin.

»Er weiß selbstverständlich nichts von diesem Besuch«, fuhr Willi etwas hastiger fort. »Ich muß das ausdrücklich bemerken.« Und auf ihren verwunderten Blick: »Ich habe ihn überhaupt schon lange nicht gesehen, aber es war nicht meine Schuld. Erst heute, im Laufe des Gesprächs, teilte er mir mit, daß er sich – in der Zwischenzeit vermählt hätte.«

Leopoldine nickte freundlich. »Eine Zigarette, Herr Leutnant?« Sie wies auf die offene Schachtel, er bediente sich, sie gab ihm Feuer und zündete sich gleichfalls eine Zigarette an. »Also, darf ich nun endlich wissen, welchem Umstand ich das Vergnügen zu verdanken habe –«

»Gnädige Frau, es handelt sich bei meinem Besuch um die gleiche Angelegenheit, die mich – zu meinem Onkel geführt hat. Eine eher – peinliche Angelegenheit, wie ich leider gleich bemerken muß«, – und da ihr Blick sich sofort auffallend verdunkelte – »ich will Ihre Zeit nicht allzusehr in Anspruch nehmen, gnädige Frau. Ganz ohne Umschweife: ich würde Sie nämlich ersuchen, mir auf – drei Monate einen gewissen Betrag vorzustrecken.«

Nun erhellte sich sonderbarerweise ihr Blick wieder. »Ihr Vertrauen ist für mich sehr schmeichelhaft, Herr Leutnant«, sagte sie und streifte die Asche von ihrer Zigarette, »obzwar ich eigentlich nicht recht weiß, wie ich zu dieser Ehre komme. Darf ich in jedem Fall fragen, um welchen Betrag es sich handelt?« Sie trommelte mit ihrem Zwicker leicht auf den Tisch.

»Um elftausend Gulden, gnädige Frau.« Er bereute, daß er nicht zwölf gesagt hatte. Schon wollte er sich verbessern, dann fiel ihm plötzlich ein, daß der Konsul sich vielleicht mit zehntausend zufrieden geben würde, und so ließ er es bei den elf bewenden.

»So«, sagte Leopoldine, »elftausend, das kann man ja wirklich schon einen ›gewissen Betrag‹ nennen.« Sie ließ ihre Zunge zwischen den Zähnen spielen. »Und welche Sicherheit würden Sie mir bieten, Herr Leutnant?«

»Ich bin Offizier, gnädige Frau.«

Sie lächelte – beinahe gütig. »Verzeihen Sie, Herr Leutnant, aber das bedeutet nach geschäftlichen Usancen noch keine Sicherheit. Wer würde für Sie bürgen?«

Willi schwieg und blickte zu Boden. Eine brüske Abweisung hätte ihn nicht minder verlegen gemacht als diese kühle Höflichkeit. »Verzeihen Sie, gnädige Frau«, sagte er. »Die formelle Seite der Angelegenheit habe ich mir freilich noch nicht genügend überlegt. Ich befinde mich nämlich in einer ganz verzweifelten Situation. Es handelt sich um eine Ehrenschuld, die bis morgen acht Uhr früh beglichen werden muß.

561

Sonst ist eben die Ehre verloren und – was bei unsereinem sonst noch dazugehört.« Und da er nun in ihren Augen eine Spur von Teilnahme glaubte schimmern zu sehen, erzählte er ihr, geradeso wie eine Stunde vorher dem Onkel, doch in gewandteren und bewegteren Worten, die Geschichte der vergangenen Nacht. Sie hörte ihn mit immer deutlicheren Anzeichen des Mitgefühls, ja des Bedauerns an. Und als er geendet, fragte sie mit einem verheißungsvollen Augenaufschlag: »Und ich – ich, Willi, bin das einzige menschliche Wesen auf Erden, an das du dich in dieser Situation wenden konntest?«

Diese Ansprache, insbesondere ihr Du, beglückte ihn. Schon hielt er sich für gerettet. »Wär' ich sonst da?« fragte er. »Ich habe wirklich keinen andern Menschen.«

Sie schüttelte teilnehmend den Kopf. »Um so peinlicher ist es mir«, erwiderte sie und drückte langsam ihre glimmende Zigarette aus, »daß ich leider nicht in der Lage bin, dir gefällig zu sein. Mein Vermögen ist in verschiedenen Unternehmungen festgelegt. Über nennenswerte Barbeträge verfüge ich niemals. Bedauere wirklich.« Und sie erhob sich von ihrem Sessel, als wäre eine Audienz beendet. Willi, im tiefsten erschrocken, blieb sitzen. Und zögernd, unbeholfen, fast stotternd, gab er ihr zur Erwägung, ob nicht doch bei dem wahrscheinlich sehr günstigen Stand ihrer geschäftlichen Unternehmungen eine Anleihe aus irgendwelchen Kassenbeständen oder die Inanspruchnahme irgendeines Kredites möglich wäre. Ihre Lippen kräuselten sich ironisch, und seine geschäftliche Naivität nachsichtig belächelnd sagte sie: »Du stellst dir diese Dinge etwas einfacher vor, als sie sind, und offenbar hältst du es für ganz selbstverständlich, daß ich mich in deinem Interesse in irgendeine finanzielle Transaktion einließe, die ich in meinem eigenen nie und nimmer unternähme. Und noch dazu ohne jede Sicherstellung! – Wie komm' ich eigentlich dazu?« Diese letzten Worte klangen nun wieder so freundlich, ja kokett, als sei sie innerlich doch schon bereit nachzugeben und erwarte nur noch ein bittendes, ein beschwörendes Wort aus seinem Mund. Er glaubte es gefunden zu haben und sagte: »Gnädige Frau – Leopoldine – meine Existenz, mein Leben steht auf dem Spiel.«

Sie zuckte leicht zusammen; er spürte, daß er zu weit gegangen war, und fügte leise hinzu: »Bitte um Verzeihung.«

Ihr Blick wurde undurchdringlich, und nach kurzem Schweigen bemerkte sie trocken: »Keineswegs kann ich eine Entscheidung treffen, ohne meinen Advokaten zu Rate gezogen zu haben.« Und da nun sein

Auge in neuer Hoffnung zu leuchten begann, mit einer wie abwehrenden Handbewegung: »Ich habe heute ohnehin eine Besprechung mit ihm – um fünf in seiner Kanzlei. Ich will sehen, was sich machen läßt. Jedenfalls rate ich dir, verlaß dich nicht darauf, nicht im geringsten. Denn eine sogenannte Kabinettsfrage werde ich natürlich nicht daraus machen.« Und mit plötzlicher Härte fügte sie hinzu: »Ich wüßte wirklich nicht, warum.« Dann aber lächelte sie wieder und reichte ihm die Hand. Nun erlaubte sie ihm auch, einen Kuß darauf zu drücken.

»Und wann darf ich mir die Antwort holen?«

Sie schien eine Weile nachzudenken: »Wo wohnst du?«

»Alserkaserne«, erwiderte er rasch, »Offizierstrakt, dritte Stiege, Zimmer vier.«

Sie lächelte kaum. Dann sagte sie langsam: »Um sieben, halb acht werd' ich jedenfalls schon wissen, ob ich in der Lage bin oder nicht – –« überlegte wieder eine Weile und schloß mit Entschiedenheit: »Ich werde dir die Antwort zwischen sieben und acht durch eine Vertrauensperson übermitteln lassen.« Sie öffnete ihm die Tür und geleitete ihn in den Vorraum. »Adieu, Herr Leutnant.«

»Auf Wiedersehn«, erwiderte er betroffen. Ihr Blick war kalt und fremd. Und als das Dienstmädchen dem Herrn Leutnant die Tür ins Stiegenhaus auftat, war Frau Leopoldine Wilram schon in ihrem Zimmer verschwunden.

XII.

Während der kurzen Zeit, die Willi bei Leopoldine verbracht hatte, war er durch so wechselnde Stimmungen der Entmutigung, der Hoffnung, der Geborgenheit und neuer Enttäuschung gegangen, daß er die Treppe wie benommen hinabstieg. Im Freien erst gewann er einige Klarheit wieder, und nun schien ihm seine Angelegenheit im ganzen nicht ungünstig zu stehen. Daß Leopoldine, wenn sie nur wollte, in der Lage war, sich für ihn das Geld zu verschaffen, war zweifellos; daß es in ihrer Macht lag, ihren Rechtsanwalt zu bestimmen, wie es ihr beliebte, dafür war ihr ganzes Wesen Beweis genug; – daß endlich in ihrem Herzen noch etwas für ihn sprach –, dieses Gefühl wirkte so stark in Willi nach, daß er sich, im Geist eine lange Frist überspringend, plötzlich als Gatten der verwitweten Frau Leopoldine Wilram, nunmehriger Frau Majorin Kasda, zu erblicken glaubte.

Doch dieses Traumbild verblaßte bald, während er in Sommermittagsschwüle durch mäßig belebte Gassen eigentlich ziellos dem Ring zu spazierte. Er erinnerte sich nun wieder des unerfreulichen Büroraums, in dem sie ihn empfangen hatte; und ihr Bild, um das eine Weile hindurch eine gewisse weibliche Anmut geflossen war, nahm wieder den harten, beinahe strengen Ausdruck an, der ihn in manchen Momenten eingeschüchtert hatte. Doch wie immer es kommen sollte, noch viele Stunden der Ungewißheit lagen vor ihm; und auf irgendeine Weise mußten sie hingebracht werden. Es kam ihm der Einfall, sich, wie man das so nennt, einen »guten Tag« zu machen, und wenn – ja *gerade* wenn es der letzte wäre. Er entschloß sich, das Mittagessen in einem vornehmen Hotelrestaurant einzunehmen, wo er seinerzeit ein paarmal mit dem Onkel gespeist hatte, ließ sich in einer kühlen, dämmerigen Ecke eine vortreffliche Mahlzeit servieren, trank eine Flasche herbsüßen ungarischen Weins dazu und geriet allmählich in einen Zustand von Behaglichkeit, gegen den er sich nicht zu wehren vermochte. Mit einer guten Zigarre saß er noch geraume Zeit, der einzige Gast, in der Ecke des Samtdiwans, duselte vor sich hin, und als ihm der Kellner echte ägyptische Zigaretten zum Kauf anbot, nahm er gleich eine ganze Schachtel; es war ja alles egal, schlimmstenfalls vererbte er sie seinem Burschen.

Als er wieder auf die Straße trat, war ihm nicht anders zumute, als wenn ihm ein einigermaßen bedenkliches, aber doch im wesentlichen interessantes Abenteuer bevorstünde, etwa ein Duell. Und er erinnerte sich eines Abends, einer halben Nacht, die er vor zwei Jahren mit einem Kameraden verbracht hatte, der am nächsten Morgen auf Pistolen antreten sollte; – zuerst in Gesellschaft von ein paar weiblichen Wesen, dann mit ihm allein unter ernsten, gewissermaßen philosophischen Gesprächen. Ja, so ähnlich mußte dem damals zumute gewesen sein; und daß die Sache damals gut ausgegangen war, erschien Willi wie eine günstige Vorbedeutung.

Er schlenderte über den Ring, ein junger, nicht übermäßig eleganter Offizier, aber schlank gewachsen, leidlich hübsch, und den jungen Damen aus verschiedensten Kreisen, die ihm begegneten, wie er an manchem Augenaufschlag bemerkte, ein nicht unerfreulicher Anblick. Vor einem Kaffeehaus im Freien trank er einen Mokka, rauchte Zigaretten, blätterte in illustrierten Zeitungen, musterte die Vorübergehenden, ohne sie eigentlich zu sehen; und allmählich erst, ungern, aber mit Notwendigkeit erwachte er zum klaren Bewußtsein der Wirklichkeit. Es war fünf Uhr. Unaufhaltsam, wenn auch allzu langsam, schritt der Nachmittag weiter vor; nun war es wohl das klügste, sich nach Hause zu begeben und eine Weile der Ruhe zu pflegen, soweit das möglich war. Er nahm die Pferdebahn, stieg vor der Kaserne aus, und ohne irgendwelche unwillkommene Begegnung gelangte er über den Hof zu seinem Quartier. Joseph war im Vorzimmer beschäftigt, die Garderobe des Herrn Leutnant in Ordnung zu bringen, meldete gehorsamst, daß sich nichts Neues ereignet habe, nur – der Herr von Bogner sei dagewesen, schon am Vormittag, und habe seine Visitenkarte dagelassen. »Was brauch' ich dem seine Karten«, sagte Willi unwirsch. Die Karte lag auf dem Tisch, Bogner hatte seine Privatadresse darauf geschrieben: Piaristengasse zwanzig. Gar nicht weit, dachte Willi. Was geht das mich übrigens an, ob er nah oder weit wohnt, der Narr. Wie ein Gläubiger lief er ihm nach – der zudringliche Kerl. Willi war nah daran, die Karte zu zerreißen, dann überlegte er sich's doch –, warf sie nachlässig auf die Kommode hin und wandte sich wieder an den Burschen: Am Abend zwischen sieben und acht würde jemand nach ihm, nach dem Herrn Leutnant Kasda fragen, ein Herr, vielleicht ein Herr mit einer Dame, möglicherweise auch eine Dame allein. »Verstanden?« – »Jawohl, Herr Leutnant.« Willi schloß die Tür hinter sich, streckte sich auf das Sofa hin, das etwas zu kurz war, so daß seine Füße über die niedere Lehne herabbaumelten, und sank in den Schlaf wie in einen Abgrund.   565

XIII.

Es dämmerte schon, als er durch ein unbestimmtes Geräusch erwachte, die Augen aufschlug und eine junge Dame in einem blau-weiß getupften Sommerkleid vor sich stehen sah. Schlaftrunken noch erhob er sich, sah, daß mit einem etwas ängstlichen Blick, wie schuldbewußt, sein Bursche hinter der jungen Dame stand, und schon vernahm er Leopoldinens Stimme. »Verzeihen Sie, Herr Leutnant, daß ich Ihrem – Herrn Burschen nicht erlaubt habe, mich anzumelden, aber ich habe lieber gewartet, bis Sie von selbst aufwachen.«

Wie lang mag sie schon dastehen, dachte Willi, und was ist denn das für eine Stimme? Und wie sieht sie aus? Das ist doch eine ganz andere als die von Vormittag. Sicher hat sie das Geld mitgebracht. Er winkte dem Burschen ab, der gleich verschwand. Und zu Leopoldine gewendet: »Also, gnädige Frau bemühen sich selbst – ich bin sehr glücklich. Bitte, gnädige Frau –« Und er lud sie ein, Platz zu nehmen.

Sie ließ einen hellen, beinahe fröhlichen Blick im Zimmer herumgehen und schien mit dem Raum durchaus einverstanden. In der Hand hielt sei einen weiß-blau gestreiften Schirm, der ihrem blauen, weiß getupften Foulardkleid vortrefflich angepaßt war. Sie trug einen Strohhut von nicht ganz moderner Fasson, breitrandig, nach Florentiner Art, mit herabhängenden, künstlichen Kirschen. »Sehr hübsch haben Sie's da, Herr Leutnant«, sagte sie, und die Kirschen schaukelten an ihrem Ohr hin und her. »Ich habe mir gar nicht vorgestellt, daß Zimmer in einer Kaserne so behaglich und nett ausschauen können.« – »Es sind nicht alle gleich«, bemerkte Willi mit einiger Genugtuung. Und sie ergänzte lächelnd: »Es wird wohl im allgemeinen auf den Bewohner ankommen.«

Willi, verlegen und froh erregt, rückte Bücher auf dem Tisch zurecht, schloß den schmalen Schrank ab, dessen Tür ein wenig geklafft hatte, und plötzlich bot er Leopoldine aus der im Hotel gekauften Schachtel eine Zigarette an. Sie lehnte ab, ließ sich aber leicht in die Ecke des Diwans sinken. Entzückend sieht sie aus, dachte Willi. Eigentlich wie eine Frau aus guten, bürgerlichen Kreisen. Sie erinnerte so wenig an die Geschäftsdame von heute vormittag als an den Wuschelkopf von einst. Wo mochte sie nur die elftausend Gulden haben? Als erriete sie seine Gedanken, sah sie lächelnd, spitzbübisch beinahe zu ihm auf und fragte dann scheinbar harmlos: »Wie leben Sie denn immer, Herr Leutnant?« Und da Willi mit der Antwort auf ihre doch gar zu allgemein gehaltene Frage zögerte, erkundigte sie sich im einzelnen, ob sein Dienst leicht oder schwer sei, ob er bald avancieren werde, wie er mit seinen Vorgesetzten stehe und ob er oft Ausflüge in die Umgegend unternehme, wie zum Beispiel am vorigen Sonntag. Willi entgegnete, mit dem Dienst sei es bald so, bald so, über seine Vorgesetzten habe er sich im allgemeinen nicht zu beklagen, insbesondere der Oberstleutnant Wositzky sei sehr nett zu ihm, ein Avancement sei vor drei Jahren nicht zu erwarten, zu Ausflügen habe er natürlich wenig Zeit, wie sich die gnädige Frau denken könne, nur eben an Sonntagen – wozu er einen leichten Seufzer vernehmen ließ. Leopoldine bemerkte darauf, den Blick freundlich zu ihm erhoben – denn er stand noch immer durch den Tisch von ihr getrennt ihr gegenüber –, sie hoffe, daß er seine Abende auch nützlicher zu verwenden wisse als am Kartentisch. Und nun hätte sie wohl ungezwungen anknüpfen können: Ja, richtig, Herr Leutnant, daß ich nicht vergesse, hier, die Kleinigkeit, um die Sie mich heute morgen angingen – – Aber kein Wort, keine Bewegung, die so zu deuten war. Sie sah immer nur lächelnd, wohlgefällig zu ihm auf, und ihm blieb nichts anderes übrig, als die Unterhaltung mit ihr weiterzuführen, so gut es ging. So erzählte er von der sympathischen Familie Keßner und der schönen Villa, in der sie wohnten, von dem dummen Schauspieler Elrief, von dem geschminkten Fräulein Rihoscheck und von der nächtlichen Fiakerfahrt nach Wien. »In netter Gesellschaft, hoffentlich«, meinte sie. Oh, keineswegs, er sei mit einem seiner Spielpartner hereingefahren. Nun erkundigte sie sich scherzhaft, ob das Fräulein Keßner blond oder braun oder schwarz sei. Das wisse er selbst nicht genau, antwortete er. Und sein Ton verriet absichtsvoll, daß es in seinem Leben keinerlei Herzenssachen von irgendwelcher Bedeutung gäbe. »Ich glaube überhaupt, gnädige Frau, Sie stellen sich mein Leben ganz anders vor, als es ist.« Teilnahmsvoll, die Lippen halb geöffnet, sah sie zu ihm auf. »Wenn man nicht so allein wär'«, fügte er hinzu, »könnten einem so fatale Dinge wohl nicht passieren.« Sie hatte einen unschuldig-fragenden Augenaufschlag, als verstünde sie nicht recht, dann nickte sie ernst, aber auch jetzt benützte sie die Gelegenheit nicht; und statt von dem Geld zu reden, das sie doch jedenfalls mitgebracht hatte, oder einfacher noch, ohne viel Worte, die Banknoten auf den Tisch zu legen, bemerkte sie: »Alleinsein und Alleinsein, das ist zweierlei.« – »Das stimmt«, sagte er. Und da sie darauf nur verständnisvoll nickte und es ihm immer nur banger wurde, wenn die Unterhaltung stockte, entschloß er sich zu der Frage, wie es ihr denn immer gegangen sei, ob sie viel Schönes erlebt habe; und er vermied es, des älteren Herrn Erwähnung zu tun, mit dem sie verheiratet und der sein Onkel war, ebenso wie er es unterließ, vom Hornig zu reden oder gar von einem gewissen Hotelzimmer mit schadhaften Jalousien und rotdurchschimmerten Kissen. Es war ein Gespräch zwischen einem nicht sonderlich gewandten Leutnant und einer hübschen, jungen Frau der bürgerlichen Gesellschaft, die beide wohl allerlei voneinander wußten – recht verfängliche Dinge einer von dem anderen –, die aber beide ihre Gründe haben mochten, an diese Dinge lieber nicht zu rühren, und wäre es auch nur aus dem Grunde, um die Stimmung nicht zu gefährden,

567

die nicht ohne Reiz, ja nicht ohne Verheißungen war. Leopoldine hatte ihren Florentiner Hut abgenommen und vor sich hin auf den Tisch gelegt. Sie trug wohl noch die glatte Frisur von heute morgen, aber seitlich hatten sich ein paar Locken gelöst und fielen geringelt über die Schläfe hin, was nun ganz von ferne den einstigen Wuschelkopf in Erinnerung brachte.

Es dunkelte immer tiefer. Willi überlegte eben, ob er die Lampe anzünden sollte, die in der Nische des weißen Kachelofens stand; in diesem Augenblick griff Leopoldine wieder nach ihrem Hut. Es sah zuerst aus, als hätte das weiter keine Bedeutung, denn sie war indes in die Erzählung von einem Ausflug geraten, der sie voriges Jahr über Mödling, Lilienfeld, Heiligenkreuz gerade nach Baden geführt hatte, aber plötzlich setzte sie den Florentiner Hut auf, steckte ihn fest, und mit einem höflichen Lächeln bemerkte sie, daß es nun an der Zeit für sie sei, sich zu empfehlen. Auch Willi lächelte; aber es war ein unsicheres, fast erschrockenes Lächeln, das um seine Lippen irrte. Hielt sie ihn zum besten? Oder wollte sie sich nur an seiner Unruhe, an seiner Angst weiden, um ihn endlich im letzten Augenblick mit der Kunde zu beglücken, daß sie das Geld mitgebracht habe? Oder war sie nur gekommen, um sich zu entschuldigen, daß es ihr nicht möglich gewesen war, den gewünschten Betrag für ihn flüssig zu machen? und fand nur die rechten Worte nicht, ihm das zu sagen? Jedenfalls aber, das war unverkennbar, es war ihr ernst mit der Absicht zu gehen; und ihm in seiner Hilflosigkeit blieb nichts übrig, als Haltung zu bewahren, sich zu betragen wie ein galanter junger Mann,

der den erfreulichen Besuch einer schönen, jungen Frau erhalten und sich unmöglich darein finden konnte, sie mitten in der besten Unterhaltung einfach gehen zu lassen. »Warum wollen Sie denn schon fort?« fragte er im Ton eines enttäuschten Liebhabers. Und dringender: »Sie werden doch nicht wirklich schon fort wollen, Leopoldine?« – »Es ist spät«, erwiderte sie. Und leicht scherzend fügte sie hinzu: »Du wirst wohl auch etwas Gescheiteres vor haben an einem so schönen Sommerabend?«

Er atmete auf, da sie ihn nun plötzlich wieder mit dem vertrauten Du ansprach; und es war ihm schwer, eine neu aufsteigende Hoffnung nicht zu verraten. Nein, er habe nicht das Geringste vor, sagte er, und selten hatte er etwas mit gleich gutem Gewissen beteuern können. Sie zierte sich ein wenig, behielt den Hut vorerst noch auf dem Kopf, trat zu dem offenen Fenster hin und blickte wie mit plötzlich erwachtem

Interesse in den Kasernenhof hinab. Dort gab es freilich nicht viel zu sehen: drüben vor der Kantine, um einen langen Tisch, saßen Soldaten; ein Offiziersbursche, ein verschnürtes Paket unter dem Arm, eilte quer durch den Hof, ein anderer schob ein Wägelchen mit einem Faß Bier der Kantine zu, zwei Offiziere spazierten plaudernd dem Tore zu. Willi stand neben Leopoldine, ein wenig hinter ihr, ihr blau-weiß getupftes Foulardkleid rauschte leise, ihr linker Arm hing schlaff herab, die Hand blieb erst unbeweglich, als die seine sie berührte; allmählich aber glitten ihre Finger leicht zwischen die seinen. Aus einem Mannschaftszimmer gegenüber, dessen Fenster weit offen standen, drangen melancholisch die Übungsläufe einer Trompete. Schweigen.

»Ein bißl traurig ist es da«, meinte Leopoldine endlich. – »Findst du?« Und da sie nickte, sagte er: »Es müßte aber gar nicht traurig sein.« Sie wandte langsam den Kopf nach ihm um. Er hätte erwartet, ein Lächeln um ihre Lippen zu sehen, doch er gewahrte einen zarten, fast schwermütigen Zug. Plötzlich aber reckte sie sich und sagte: »Jetzt ist es aber wirklich höchste Zeit, meine Marie wird schon mit dem Nachtmahl warten.« – »Haben Gnädigste die Marie noch nie warten lassen?« Und da sie ihn darauf lächelnd ansah, wurde er kühner und fragte sie, ob sie ihm nicht die Freude bereiten und bei ihm zu Abend essen möchte. Er werde den Burschen hinüberschicken in den Riedhof, sie könne ganz leicht noch vor zehn zu Hause sein. Ihre Einwendungen klangen so wenig ernsthaft, daß Willi ohne weiteres ins Vorzimmer eilte, rasch seinem Burschen die zweckdienlichen Aufträge erteilte und gleich wieder bei Leopoldine war, die, noch immer am Fenster stehend, eben mit einem lebhaften Schwung den Florentiner Hut über den Tisch auf das Bett fliegen ließ. Und von diesem Augenblick an schien sie eine andere geworden. Sie strich Willi lachend über den glatten Scheitel, er faßte sie um die Mitte und zog sie neben sich auf das Sofa. Doch als er sie küssen wollte, wandte sie sich heftig ab, er unterließ weitere Versuche und stellte nun die Frage an sie, wie sie denn eigentlich ihre Abende zu verbringen pflege. Sie sah ihm ernsthaft ins Auge. »Ich hab' ja tagsüber so viel zu tun«, sagte sie, »und ich bin ganz froh, wenn ich am Abend meine Ruh' hab' und keinen Menschen seh'.« Er gestand ihr, daß er sich von ihren Geschäften eigentlich keinen rechten Begriff zu machen vermöge; und rätselhaft erschiene es ihm, daß sie überhaupt in diese Art von Existenz geraten sei. Sie wehrte ab. Von solchen Dingen verstünde er ja doch nichts. Er gab nicht gleich nach, sie solle ihm doch

569

wenigstens etwas von ihrem Lebenslauf erzählen, nicht alles natürlich, das könne er nicht verlangen, aber er möchte doch gern so ungefähr wissen, was sie erlebt seit dem Tage, da – da sie einander zum letztenmal gesehen. Noch mancherlei wollte sich auf seine Lippen drängen, auch der Name seines Onkels, aber irgend etwas hielt ihn zurück, ihn auszusprechen. Und er fragte sie nur unvermittelt, fast überstürzt, ob sie glücklich sei.

Sie blickte vor sich hin. »Ich glaub' schon«, erwiderte sie dann leise. »Vor allem bin ich ein freier Mensch, das hab' ich mir immer am meisten gewünscht, bin von niemandem abhängig, wie – ein Mann.«

»Das ist aber Gott sei Dank das einzige«, sagte Willi, »was du von einem Mann an dir hast.« Er rückte näher an sie, wurde zärtlich. Sie ließ ihn gewähren, doch wie zerstreut. Und als draußen die Türe ging, rückte sie rasch von ihm fort, stand auf, nahm die Lampe aus der Ofennische und machte Licht. Joseph trat mit dem Essen ein. Leopoldine nahm in Augenschein, was er mitgebracht, nickte zustimmend. »Herr Leutnant müssen einige Erfahrung haben«, bemerkte sie lächelnd. Dann deckte sie gemeinsam mit Joseph den Tisch, gestattete nicht, daß Willi mit Hand anlegte; er blieb auf dem Sofa sitzen, »wie ein Pascha« bemerkte er, und rauchte eine Zigarette. Als alles in Ordnung war und das Vorgericht auf dem Tische stand, wurde Joseph für heute entlassen. Ehe er ging, drückte ihm Leopoldine ein so reichliches Trinkgeld in die Hand, daß er vor Staunen fassungslos war und ehrerbietigst salutierte wie vor einem General.

»Dein Wohl«, sagte Willi und stieß mit Leopoldine an. Beide leerten ihre Gläser, sie stellte das ihre klirrend hin und preßte ihre Lippen heftig an Willis Mund. Als er nun stürmischer wurde, schob sie ihn von sich fort, bemerkte: »Zuerst wird soupiert« und wechselte die Teller.

Sie aß, wie gesunde Geschöpfe zu essen pflegen, die ihr Tagewerk vollbracht haben und es sich nach getaner Arbeit gut schmecken lassen, aß, mit weißen, kraftvollen Zähnen, dabei doch recht fein und manierlich, in der Art von Damen, die immerhin schon manchmal in vornehmen Restaurants mit feinen Herren soupiert haben. Die Weinflasche war bald geleert, und es traf sich gut, daß der Herr Leutnant sich rechtzeitig erinnerte, eine halbe Flasche französischen Kognak, weiß Gott von welcher Gelegenheit her, im Schrank stehen zu haben. Nach dem zweiten Glas schien Leopoldine ein wenig schläfrig zu werden. Sie lehnte sich in die Ecke des Diwans zurück, und als Willi sich über ihre

Stirn beugte, ihre Augen, ihre Lippen, ihren Hals küßte, flüsterte sie
hingegeben, schon wie aus einem Traum, seinen Namen.

XIV.

Als Willi erwachte, dämmerte es, und kühle Morgenluft wehte durch
das Fenster herein. Leopoldine aber stand mitten im Zimmer, völlig
angekleidet, den Florentiner Hut auf der Frisur, den Schirm in der Hand.
Herrgott, muß ich fest geschlafen haben, war Willis erster Gedanke,
und sein zweiter: Wo ist das Geld? Da stand sie mit Hut und Schirm,
offenbar bereit, in der nächsten Sekunde den Raum zu verlassen. Sie
nickte dem Erwachenden einen Morgengruß zu. Da streckte er, wie
sehnsüchtig, die Arme nach ihr aus. Sie trat näher, setzte sich zu ihm
aufs Bett, mit freundlicher, aber ernster Stirn. Und als er die Arme um
sie schlingen, sie an sich ziehen wollte, deutete sie auf ihren Hut, auf
ihren Schirm, den sie, fast wie eine Waffe, in der Hand hielt, schüttelte
den Kopf: »Keine Dummheiten mehr«, und versuchte, sich zu erheben.
– Er ließ es nicht zu. »Du willst doch nicht gehen?« fragte er mit um-
florter Stimme.

»Gewiß will ich«, sagte sie und strich ihm schwesterlich übers Haar.
»Ein paar Stunden möchte ich mich ordentlich ausruhen, um neun habe
ich eine wichtige Konferenz.«

Es ging ihm durch den Sinn, daß dies vielleicht eine Konferenz– wie 571
das Wort klang! – in *seiner* Angelegenheit sein könne –, die Beratung
mit dem Advokaten, zu der sie gestern offenbar keine Zeit mehr gefunden. Und in seiner Ungeduld fragte er sie geradezu: »Eine Besprechung
mit deinem Anwalt?« – »Nein«, erwiderte sie unbefangen, »ich erwarte
einen Geschäftsfreund aus Prag.« Sie beugte sich zu ihm herab, strich
ihm den kleinen Schnurrbart von den Lippen zurück, küßte ihn flüchtig,
flüsterte »Adieu« und erhob sich. In der nächsten Sekunde konnte sie
bei der Tür draußen sein. Willi stand das Herz still. Sie wollte fort? *So*
wollte sie fort?! Doch eine neue Hoffnung wachte in ihm auf. Vielleicht
hatte sie, aus Diskretion gewissermaßen, das Geld unbemerkt irgendwo-
hin gelegt. Ängstlich, unruhig irrte sein Blick im Zimmer hin und her
– über den Tisch, zur Nische des Ofens. – Oder hatte sie es vielleicht,
während er schlief, unter die Kissen verborgen? Unwillkürlich griff er
hin. Nichts. Oder in sein Portemonnaie gesteckt, das neben seiner Ta-

schenuhr lag? Wenn er nur nachsehen könnte! Und zugleich fühlte, wußte, sah er, wie sie immer seinem Blick, seinen Bewegungen gefolgt war, mit Spott, wenn nicht gar mit Schadenfreude. Den Bruchteil einer Sekunde nur traf sein Blick sich mit dem ihren. Er wandte den seinen ab wie ertappt – da war sie auch schon an der Tür und hatte die Klinke in der Hand. Er wollte ihren Namen rufen, seine Stimme versagte wie unter einem Alpdruck, wollte aus dem Bett springen, zu ihr hin stürzen, sie zurückhalten; ja, er fühlte sich bereit, ihr über die Treppe nachzulaufen, im Hemd – geradeso – er sah das Bild vor sich –, wie er in einem Provinzbordell vor vielen Jahren einmal eine Dirne einem Herrn hatte nachlaufen sehen, der ihr den Liebeslohn schuldig geblieben war …; sie aber, als hätte sie von seinen Lippen ihren Namen vernommen, den er doch gar nicht ausgesprochen, ohne nur die Klinke aus der Hand zu lassen, griff mit der andern in den Ausschnitt ihres Kleides. »Bald hätt' ich vergessen«, sagte sie beiläufig, trat nun näher, ließ eine Banknote auf den Tisch gleiten – »da« – und war schon wieder bei der Tür.

Willi, mit einem Ruck, saß auf dem Rand des Bettes und starrte auf die Banknote hin. Es war nur *eine,* ein Tausender; Banknoten von höherem Wert gab es nicht, so konnte es nur ein Tausender sein. »Leopoldine«, rief er mit einer fremden Stimme. Doch als sie sich daraufhin nach ihm umwandte, immer die Türklinke in der Hand, mit etwas verwundertem, eiskaltem Blick, überfiel ihn eine Scham, so tief, so peinigend, wie er sie niemals in seinem Leben verspürt hatte. Aber nun war es zu spät, er mußte weiter, wohin immer, in welche Schmach er noch geriete. Und unaufhaltsam stürzte es von seinen Lippen:

»Das ist ja zu wenig, Leopoldine, nicht um tausend, du hast mich gestern wahrscheinlich mißverstanden, um *elf*tausend habe ich dich gebeten.« Und unwillkürlich unter ihrem immer eisigeren Blick zog er die Bettdecke über seine nackten Beine.

Sie sah ihn an, als verstünde sie nicht recht. Dann nickte sie ein paarmal, als werde ihr jetzt erst alles klar: »Ah so«, sagte sie, »du hast gedacht …« Und mit einer verächtlich-flüchtigen Kopfwendung zu der Banknote hin: »Darauf hat das keinen Bezug. Die tausend Gulden, die sind nicht geliehen, die gehören dir – für die vergangene Nacht.« Und zwischen ihren halb geöffneten Lippen, ihren blitzenden Zähnen spielte ihre feuchte Zunge hin und her.

Die Decke glitt von Willis Füßen. Aufrecht stand er da, das Blut stieg ihm brennend in Augen und Stirn. Unbewegt, wie neugierig, blickte sie ihn an. Und da er nicht vermochte, ein Wort herauszubringen – wie fragend: »Ist doch nicht zu wenig? Was hast du dir denn eigentlich vorgestellt? Tausend Gulden! – Von dir hab' ich damals nur zehn gekriegt, weißt noch?« Er machte ein paar Schritt auf sie zu. Leopoldine blieb ruhig an der Türe stehen. Nun griff er mit einer plötzlichen Bewegung nach der Banknote, zerknitterte sie, seine Finger bebten, es war, als wollte er ihr das Geld vor die Füße werfen. Da ließ sie die Klinke los, trat ihm gegenüber, blieb Aug' in Aug' mit ihm stehen. »Das soll kein Vorwurf sein«, sagte sie. »Ich hab' ja auf mehr nicht Anspruch gehabt damals. Zehn Gulden – war ja genug, zu viel sogar.« Und das Auge noch tiefer in das seine: »Wenn man's genau nimmt, gerade um zehn Gulden zu viel.«

Er starrte sie an, senkte den Blick, begann zu verstehen. »Das hab' ich nicht wissen können«, kam es tonlos von seinen Lippen. – »Hätt'st schon«, entgegnete sie, »war nicht so schwer.«

Er hob langsam wieder den Blick; und nun, in der Tiefe ihrer Augen, gewahrte er einen seltsamen Schimmer: der gleiche kindlich-holde Schimmer war darin, der ihm auch in jener längst verflossenen Nacht aus ihren Augen erglänzt war. Und neu lebendig stieg Erinnerung in ihm auf – nicht an die Lust nur, die sie ihm gegeben, wie manche andere vor ihr, manche nach ihr – und an die schmeichelnden Koseworte, wie er sie von anderen auch gehört; – auch der wundersamen, niemals sonst erlebten Hingegebenheit erinnerte er sich nun, mit der sie die schmalen Kinderarme um seinen Hals geschlungen, und verklungene Worte tönten in ihm auf, – der Klang und die Worte selbst, wie er sie von keiner andern je vernommen hatte: »Laß mich nicht allein, ich hab' dich lieb.« All dies Vergessene, nun wußte er es wieder. Und geradeso, wie *sie* es heute getan – auch das wußte er nun –, unbekümmert, gedankenlos, während sie noch in süßer Ermattung zu schlummern schien, hatte *er* sich damals von ihrer Seite erhoben, nach flüchtiger Erwägung, ob es nicht auch mit einer kleineren Note getan wäre, nobel einen Zehnguldenschein auf das Nachttischchen hingelegt; – dann, in der Tür schon den schlaftrunkenen und doch bangen Blick der langsam Erwachenden auf sich fühlend, hatte er sich eilig davongemacht, um sich in der Kaserne noch für ein paar Stunden ins Bett zu strecken; und in der Frühe, vor Antritt des Dienstes noch, war das kleine Blumenmädel vom Hornig vergessen.

Indessen aber, während jene längst verflossene Nacht in ihm so unbegreiflich lebendig ward, erlosch allmählich der kindlich-holde Schimmer in Leopoldinens Auge wieder. Kalt, grau, fern starrte es in das seine, und in dem Maße, da nun auch das Bild jener Nacht in ihm verblaßte, stieg Abwehr, Zorn, Erbitterung in ihm auf. Was fiel ihr ein? Was nahm sie sich heraus gegen ihn? Wie durfte sie sich anstellen, als glaubte sie wirklich, daß er für Geld sich ihr angeboten? Ihn behandeln wie einen Zuhälter, der sich seine Gunst bezahlen ließ? Und fügte solchem unerhörten Schimpf noch den frechsten Hohn hinzu, indem sie wie ein von den Liebeskünsten einer Dirne enttäuschter Lüstling einen Preis heruntersetzte, der ausbedungen war? Als zweifelte sie nur im geringsten daran, daß er auch die ganzen elftausend Gulden ihr vor die Füße geschmissen, wenn sie es gewagt hätte, sie ihm als Liebessold anzubieten!

Doch während das Schmähwort, das ihr gebührte, den Weg auf seine Lippen suchte, während er die Faust erhob, als wollte er sie auf die Elende herniedersausen lassen, zerfloß das Wort ihm ungesprochen auf der Zunge, und seine Hand sank langsam wieder herab. Denn plötzlich wußte er, – und hatte er es nicht früher schon geahnt? – daß er auch bereit gewesen war, sich zu *verkaufen.* Und nicht ihr allein, auch irgendeiner andern, *jeder,* die ihm die Summe geboten, die ihn retten konnte; – und so – in all dem grausamen und tückischen Unrecht, das ein böses Weib ihm zugefügt –, auf dem Grunde seiner Seele, so sehr er sich dagegen wehrte, begann er eine verborgene und doch unentrinnbare Gerechtigkeit zu verspüren, die sich über das trübselige Abenteuer hinaus, in das er verstrickt war, an sein tiefstes Wesen wandte.

Er blickte auf, er sah rings um sich, es war ihm, als erwache er aus einem wirren Traum. Leopoldine war fort. Er hatte die Lippen noch nicht aufgetan –, und sie war fort. Kaum faßte er, wie sie aus dem Zimmer so plötzlich – so unbemerkt hatte verschwinden können. Er fühlte die zerknitterte Banknote in der immer noch zusammengekrampften Hand, stürzte zum Fenster hin, riß es auf, als wollte er ihr den Tausender nachschleudern. Dort ging sie. Er wollte rufen; doch sie war weit. Längs der Mauer ging sie hin in wiegendem, vergnügtem Schritt, den Schirm in der Hand, mit wippendem Florentiner Hut – ging hin, als käme sie aus irgendeiner Liebesnacht, wie sie wohl schon aus hundert anderen gekommen war. Sie war am Tor. Der Posten salutierte wie vor einer Respektsperson, und sie verschwand.

Willi schloß das Fenster und trat ins Zimmer zurück, sein Blick fiel auf das zerknüllte Bett, auf den Tisch mit den Resten des Mahls, den geleerten Gläsern und Flaschen. Unwillkürlich öffnete sich seine Hand, und die Banknote entsank ihr. Im Spiegel über der Kommode erblickte er sein Bild – mit wirrem Haar, dunklen Ringen unter den Augen; er schauderte, unsäglich widerte es ihn an, daß er noch im Hemde war; er griff nach dem Mantel, der am Haken hing, fuhr in die Ärmel, knöpfte zu, schlug den Kragen hoch. Ein paarmal, sinnlos, lief er in dem kleinen Raum auf und ab. Endlich, wie gebannt, blieb er vor der Kommode stehen. In der mittleren Lade, zwischen den Taschentüchern, er wußte es, lag der Revolver. Ja, nun war er so weit. Geradeso weit wie der andere, der es vielleicht schon überstanden hatte. Oder wartete er noch auf ein Wunder? Nun, immerhin, er, Willi, hatte das Seinige getan, und mehr als das. Und in diesem Augenblick war ihm wirklich, als hätte er sich nur um Bogners willen an den Spieltisch gesetzt, nur um Bogners willen so lange das Schicksal versucht, bis er selbst als Opfer gefallen war.

Auf dem Teller mit der angebrochenen Tortenschnitte lag die Banknote, so wie er sie vor einer Weile aus der Hand hatte sinken lassen, und sah nicht einmal mehr sonderlich zerknittert aus. Sie hatte begonnen, sich wieder aufzurollen; – es dauerte gewiß nicht mehr lange, so war sie glatt, völlig glatt wie irgendein anderes reinliches Papier, und niemand würde ihr mehr ansehen, daß sie eigentlich nichts Besseres war, als was man einen Schandlohn und ein Sündengeld zu nennen pflegt. Nun, wie immer, sie gehörte ihm, zu seiner Verlassenschaft sozusagen. Ein bitteres Lächeln spielte um seine Lippen. Er konnte sie vererben, wem er wollte; und wenn einer darauf Anspruch hatte, Bogner war es mehr als jeder andre. Unwillkürlich lachte er auf. Vortrefflich! Ja, das sollte noch besorgt werden, das in jedem Fall. Hoffentlich hatte Bogner nicht vorzeitig ein Ende gemacht. Für ihn war ja nun das Wunder da! Es kam nur darauf an, es abzuwarten.

Wo blieb nur der Joseph? Er wußte ja, daß heute Ausrückung war. Punkt drei hätte Willi bereit sein müssen, nun war es halb fünf. Das Regiment war jedenfalls längst fort. Er hatte nichts davon gehört, so tief war sein Schlaf gewesen. Er öffnete die Tür in den Vorraum. Da saß er ja, der Bursch, saß auf dem Stockerl neben dem kleinen, eisernen Ofen, und stellte sich stramm: »Melde gehorsamst, Herr Leutnant, ich habe Herrn Leutnant marod gemeldet.«

»Marod? Wer hat Ihnen das g'schafft ... Ah so.« – Leopoldine –! Sie hätte auch gleich den Auftrag geben können, ihn tot zu melden, das wäre einfacher gewesen. – »Gut ist's. Machen S' mir einen Kaffee«, sagte er und schloß die Tür.

Wo war die Visitenkarte nur? Er suchte – er suchte in allen Laden, auf dem Fußboden, in allen Winkeln – suchte, als hinge sein eigenes Leben davon ab. Vergeblich. Er fand sie nicht. – So sollte es eben nicht sein. So hatte Bogner eben auch Unglück, so waren ihre Schicksale doch untrennbar miteinander verbunden. – Da plötzlich, in der Ofennische, sah er es weiß schimmern. Die Karte lag da, die Adresse stand darauf: Piaristengasse zwanzig. Ganz nah. – Und wenn's auch weiter gewesen wäre! – Er hatte also doch Glück, dieser Bogner. Wenn die Karte nun überhaupt nicht zu finden gewesen wäre –?!

Er nahm die Banknote, betrachtete sie lange, ohne sie eigentlich zu sehen, faltete sie, tat sie in ein weißes Blatt, überlegte zuerst, ob er ein paar erklärende Worte schreiben sollte, zuckte die Achseln: »Wozu?« und setzte nur die Adresse aufs Kuvert: Herrn Oberleutnant Otto von Bogner. Oberleutnant – ja! – Er gab ihm die Charge wieder, aus eigener Machtvollkommenheit. Irgendwie blieb man doch immer Offizier – da mochte einer angestellt haben, was er wollte –, oder man *wurde* es doch wieder – wenn man seine Schulden bezahlt hatte.

Er rief den Burschen, gab ihm den Brief zur Bestellung. »Aber tummeln S' sich.«

»Is' eine Antwort, Herr Leutnant?«

»Nein. Sie geben's persönlich ab und – es ist keine Antwort. Und in keinem Fall wecken, wenn Sie zurückkommen. Schlafen lassen. Bis ich von selber aufwach'.«

»Zu Befehl, Herr Leutnant.« Er schlug die Hacken zusammen, machte kehrt und eilte davon. Auf der Stiege hörte er noch, wie der Schlüssel in der Tür hinter ihm sich drehte.

XV.

Drei Stunden später läutete es an der Gangtür. Joseph, der längst wieder zurückgekommen und eingenickt war, schrak auf und öffnete. Bogner stand da, dem er befehlsgemäß vor drei Stunden den Brief seines Herrn überbracht hatte.

»Ist der Herr Leutnant zu Hause?«

»Bitt' schön, der Herr Leutnant schlaft noch.«

Bogner sah auf die Uhr. Gleich nach erfolgter Revision, in dem lebhaften Drang, seinem Retter unverzüglich zu danken, hatte er sich für eine Stunde frei gemacht, und er legte Wert darauf, nicht länger auszubleiben. Ungeduldig ging er in dem kleinen Vorraum auf und ab. »Hat der Herr Leutnant keinen Dienst heute?«

»Der Herr Leutnant ist marod.«

Die Tür auf dem Gang stand noch offen, Regimentsarzt Tugut trat ein. »Wohnt hier der Herr Leutnant Kasda?«

»Jawohl, Herr Regimentsarzt.«

»Kann ich ihn sprechen?«

»Herr Regimentsarzt, melde gehorsamst, der Herr Leutnant ist marod. Jetzt schlaft er.«

»Melden S' mich bei ihm, Regimentsarzt Tugut.«

»Bitte gehorsamst, Herr Regimentsarzt, der Herr Leutnant hat befohlen, nicht zu wecken.«

»Es ist dringend. Wecken S' den Herrn Leutnant, auf meine Verantwortung.«

Während Joseph nach unmerklichem Zögern an die Tür pochte, warf Tugut einen mißtrauischen Blick auf den Zivilisten, der im Vorraum stand. Bogner stellte sich vor. Der Name des unter peinlichen Umständen verabschiedeten Offiziers war dem Regimentsarzt nicht unbekannt, doch tat er nichts dergleichen und nannte gleichfalls seinen Namen. Von Händedrücken wurde abgesehen.

Im Zimmer des Leutnants Kasda blieb es still. Joseph klopfte stärker, legte das Ohr an die Tür, zuckte die Achseln, und wie beruhigend sagte er: »Herr Leutnant schlaft immer sehr fest.«

Bogner und Tugut sahen einander an, und eine Schranke zwischen ihnen fiel. Dann trat der Regimentsarzt an die Tür und rief Kasdas Namen. Keine Antwort. »Sonderbar«, sagte Tugut mit gerunzelter Stirn, drückte die Klinke nieder – vergeblich.

Joseph stand blaß mit weitaufgerissenen Augen.

»Holen S' den Regimentsschlosser, aber g'schwind«, befahl Tugut.

»Zu Befehl, Herr Regimentsarzt.«

Bogner und Tugut waren allein.

»Unbegreiflich«, meinte Bogner.

»Sie sind informiert, Herr – von Bogner?« fragte Tugut.

»Von dem Spielverlust, meinen Herr Regimentsarzt?« Und auf Tuguts Nicken: »Allerdings.«

»Ich wollte sehen, wie die Angelegenheit steht«, begann Tugut zögernd. – »Ob es ihm gelungen ist, sich die Summe – wissen Sie etwa, Herr von Bogner –?«

»Mir ist nichts bekannt«, erwiderte Bogner.

Wieder trat Tugut an die Tür, rüttelte, rief Kasdas Namen. Keine Antwort.

Bogner, vom Fenster aus: »Dort kommt schon der Joseph mit dem Schlosser.«

»Sie waren sein Kamerad?« fragte Tugut.

Bogner, mit einem Zucken der Mundwinkel: »Ich bin schon *der*.«

Tugut nahm von der Bemerkung keine Notiz. »Es kommt ja vor, daß nach großen Aufregungen«, begann er wieder, – »es ist ja anzunehmen, daß er auch in der vergangenen Nacht nicht geschlafen hat.«

»Gestern vormittag«, bemerkte Bogner sachlich, »hatte er das Geld jedenfalls noch nicht beisammen.«

Tugut, als hielte er es für denkbar, daß Bogner vielleicht einen Teil der Summe mitbrächte, sah ihn fragend an, und wie zur Antwort sagte dieser: »Mir ist es leider nicht gelungen … den Betrag zu beschaffen.«

Joseph erschien, zugleich der Regimentsschlosser, ein wohlgenährter, rotbäckiger, ganz junger Mensch, in der Uniform des Regiments, mit den nötigen Werkzeugen. Noch einmal klopfte Tugut heftig an die Tür – ein letzter Versuch, sie standen alle ein paar Sekunden mit angehaltenem Atem, nichts rührte sich.

»Also«, wandte sich Tugut mit einer befehlenden Geste an den Schlosser, der sich sofort an seine Arbeit machte. Die Mühe war gering. Nach wenigen Sekunden sprang die Tür auf.

Der Leutnant Kasda, im Mantel mit hochgestelltem Kragen, lehnte in der dem Fenster zugewandten Ecke des schwarzen Lederdiwans, die Lider halb geschlossen, den Kopf auf die Brust gesunken, schlaff hing der rechte Arm über die Lehne, der Revolver lag auf dem Fußboden, von der Schläfe über die Wange sickerte ein schmaler Streifen dunkelroten Bluts, der sich zwischen Hals und Kragen verlor. So gefaßt sie alle gewesen waren, es erschütterte sie sehr. Der Regimentsarzt als erster trat näher, griff nach dem herunterhängenden Arm, hob ihn in die Höhe, ließ ihn los, und sofort hing er wieder wie früher schlaff über die Lehne herab. Dann knöpfte Tugut zum Überfluß noch Kasdas

Mantel auf, das zerknitterte Hemd darunter stand weit offen. Bogner bückte sich unwillkürlich, um den Revolver aufzuheben. »Halt!« rief Tugut, das Ohr an der nackten Brust des Toten. »Alles hat zu bleiben, wie es war.« Joseph und der Schlosser standen noch immer regungslos an der offenen Tür, der Schlosser zuckte die Achseln und warf einen verlegen-bangen Blick auf Joseph, als fühlte er sich mitverantwortlich für den Anblick, der sich hinter der von ihm aufgesprengten Tür geboten.

Schritte näherten sich von unten, langsam zuerst, dann immer rascher, bis sie stillestanden. Bogners Blick wandte sich unwillkürlich dem Ausgang zu. Ein alter Herr erschien in der angelehnten Tür in hellem, etwas abgetragenem Sommeranzug, mit der Miene eines vergrämten Schauspielers, und ließ das Auge unsicher in der Runde schweifen.

»Herr Wilram«, rief Bogner. »Sein Onkel«, flüsterte er dem Regimentsarzt zu, der sich eben von der Leiche erhob.

Aber Robert Wilram faßte nicht gleich, was geschehen war. Er sah seinen Neffen in der Diwanecke lehnen mit herabhängendem, schlaffem Arm, wollte auf ihn zu; – ihm ahnte wohl Schlimmes, das er doch nicht gleich glauben wollte. Der Regimentsarzt hielt ihn zurück, legte die Hand auf seinen Arm. »Es ist leider ein Unglück geschehen. Zu machen ist nichts mehr.« Und da der andre ihn wie verständnislos anstarrte: »Regimentsarzt Tugut ist mein Name. Der Tod muß schon vor ein paar Stunden eingetreten sein.«

Robert Wilram – und allen erschien die Bewegung höchst sonderbar – griff mit der Rechten in seine Brusttasche, hielt plötzlich ein Kuvert in der Hand und schwang es in der Luft. »Aber ich hab's ja mitgebracht, Willi!« rief er. Und als glaubte er wirklich, daß er ihn damit zum Leben erwecken könnte: »Da ist das Geld, Willi. Heut früh hat sie's mir gegeben. Die ganzen elftausend, Willi. Da sind sie!« Und wie beschwörend zu den andern: »Das ist doch der ganze Betrag, meine Herren. Elftausend Gulden!« – als müßten sie nun, da das Geld herbeigeschafft war, doch wenigstens einen Versuch machen, den Toten wieder zum Leben zu erwecken. »Leider zu spät«, sagte der Regimentsarzt. Er wandte sich an Bogner. »Ich gehe, die Meldung erstatten.« Dann im Kommandoton: »Die Leiche ist in der Stellung zu belassen, in der sie gefunden wurde.« Und endlich mit einem Blick auf den Burschen, streng: »Sie sind dafür verantwortlich, daß alles so bleibt.« Und ehe er ging, sich noch einmal umwendend, drückte er Bogner die Hand.

Bogner dachte: Woher hat er die tausend gehabt – für mich? Jetzt fiel sein Blick auf den vom Diwan weggerückten Tisch. Er sah die Teller, die Gläser, die geleerte Flasche. Zwei Gläser ...?! Hat er sich ein Frauenzimmer mitgebracht für die letzte Nacht?

Joseph trat neben den Diwan an die Seite seines toten Herrn. Stramm stand er da wie ein Wachtposten. Trotzdem unternahm er nichts dagegen, als Robert Wilram plötzlich vor den Toten hintrat, mit aufgehobenen, wie flehenden Händen, in der einen immer noch das Kuvert mit dem Geld. »Willi!« Wie verzweifelt schüttelte er den Kopf. Dann sank er vor den Toten hin und war ihm nun so nahe, daß von der nackten Brust, dem zerknitterten Hemd ihm ein Parfüm entgegenwehte, das ihm seltsam bekannt vorkam. Er sog es ein, hob den Blick empor zum Antlitz des Toten, als wäre er versucht, eine Frage an ihn zu richten.

Aus dem Hof tönte der regelmäßige Marschtritt des zurückkehrenden Regiments. Bogner hatte den Wunsch, zu verschwinden, ehe, wie es wahrscheinlich war, frühere Kameraden das Zimmer beträten. Seine Anwesenheit war hier in jedem Fall überflüssig. Einen letzten Abschiedsblick sandte er dem Toten hin, der unbeweglich in der Ecke des Diwans lehnte, dann, von dem Schlosser gefolgt, eilte er die Treppe hinunter. Er wartete im Toreingang, bis das Regiment vorbei war, dann schlich er, an die Wand gedrückt, davon.

Robert Wilram, immer noch auf den Knien vor dem toten Neffen, ließ nun den Blick wieder im Zimmer umherschweifen. Jetzt erst gewahrte er den Tisch mit den Resten des Mahls, die Teller, die Flaschen, die Gläser. Auf dem Grund des einen schimmerte es noch goldgelb und feucht. Er fragte den Burschen: »Hat der Herr Leutnant denn gestern abend noch Besuch gehabt?«

Schritte auf der Treppe. Stimmengewirr; Robert Wilram erhob sich.

»Jawohl«, erwiderte Joseph, der immer noch stramm stand wie ein Wachtposten: »bis spät in der Nacht – – ein Herr Kamerad.«

Und der sinnlose Gedanke, der dem Alten flüchtig durch den Kopf gefahren war, verwehte in nichts.

Die Stimmen, die Schritte kamen näher.

Joseph stand noch strammer als vorher. Die Kommission trat ein.

Biographie

1862	*15. Mai:* Arthur Schnitzler wird als ältestes Kind des jüdischen Kehlkopfspezialisten Johann Schnitzler und dessen Frau in Wien geboren.
1879–1884	Arthur studiert Medizin an der Universität Wien.
1882/83	Als Einjährig-Freiwilliger absolviert er seinen Militärdienst am Garnisonsspital in Wien.
1885	Schnitzler erhält sein Medizindiplom und schließt Bekanntschaft mit Sigmund Freud, mit dem er das Interesse für das Un- und Unterbewußte teilt.
1886–1893	Er ist als Assistenzarzt an verschiedenen Wiener Krankenhäusern tätig.
1888	Die Sammlung von Einaktern »Anatol« wird veröffentlicht.
ab 1890	Gemeinsam mit Hugo von Hofmannsthal gehört Schnitzler dem Kreis der »Wiener Moderne« an. Er ist einer der bedeutendsten Kritiker der österreichisch-ungarischen Monarchie und ihrer Entwicklung um die Jahrhundertwende.
1893	Er gibt seine Stelle im Krankenhaus auf und eröffnet eine Privatpraxis. Seine Neigung zur Schriftstellerei nimmt bedeutend zu.
1897	Er veröffentlicht den »Reigen«, ein Zyklus von zehn dramatischen Dialogen. Zur Uraufführung kommt es erst 24 Jahre später, da die Zensur die Aufführung verbietet.
1899–1930	Seine zahlreichen Dramen behandeln meist sozialkritische oder psychologische Themen.
1900	Mit der Novelle »Leutnant Gustl« führt Schnitzler den inneren Monolog als neue Ausdrucksform in die deutsche Literatur ein.
1901	Schnitzler wird der Rang eines Reserveoffiziers aberkannt, wegen der Angriffe auf den Ehrenkodex des österreichischen Militärs in »Leutnant Gustl«.
1903	Er heiratet Olga Gussmann.
1908	Der Roman »Der Weg ins Freie« erscheint, in welchem die Probleme des assimilierten Judentums thematisiert werden.
1914–1918	Zu Beginn des Ersten Weltkrieges ist Schnitzler einer der

wenigen österreichisch-ungarischen Intellektuellen, die die allgemeine Kriegsbegeisterung nicht teilen.

Als Folge verringert sich die Popularität seiner Stücke.

1921 Anläßlich der Aufführung des »Reigen« in Berlin kommt es zum Prozeß wegen »Erregung öffentlichen Ärgernisses«. Daraufhin wird Schnitzler die Aufführungsgenehmigung entzogen.

Seine Ehe scheitert.

1921–1931 Die Auswirkungen der Scheidung sind bemerkbar: psychische und physische Probleme isolieren ihn zunehmend.

Neben einem zweiten Roman, »Therese. Chronik eines Frauenlebens«, schreibt er in seinen letzten Lebensjahren vor allem Erzählungen, in denen er Einzelschicksale um die Jahrhundertwende aus psychologischer Sicht darstellt.

1923 Er wird zum ersten Präsidenten des österreichischen PEN-Clubs ernannt.

1926 Schnitzler erhält den Burgtheaterring und gehört zu den meistgespielten Dramatikern auf deutschen Bühnen.

1931 *21. Oktober:* Arthur Schnitzler stirbt in Wien an einer Gehirnblutung.

Karl-Maria Guth (Hg.)

Erzählungen aus dem Biedermeier

HOFENBERG

Karl-Maria Guth (Hg.)

Erzählungen aus dem Biedermeier II

HOFENBERG

Karl-Maria Guth (Hg.)

Erzählungen aus dem Biedermeier III

HOFENBERG

Erzählungen aus dem Biedermeier

Biedermeier - das klingt in heutigen Ohren nach langweiligem Spießertum, nach geschmacklosen rosa Teetässchen in Wohnzimmern, die aussehen wie Puppenstuben und in denen es irgendwie nach »Omma« riecht.

Zu Recht. Aber nicht nur.

Biedermeier ist auch die Zeit einer zarten Literatur der Flucht ins Idyll, des Rückzuges ins private Glück und der Tugenden. Die Menschen im Europa nach Napoleon hatten die Nase voll von großen neuen Ideen, das aufstrebende Bürgertum forderte und entwickelte eine eigene Kunst und Kultur für sich, die unabhängig von feudaler Großmannssucht bestehen sollte.

Georg Büchner Lenz **Karl Gutzkow** Wally, die Zweiflerin **Annette von Droste-Hülshoff** Die Judenbuche **Friedrich Hebbel** Matteo **Jeremias Gotthelf** Elsi, die seltsame Magd **Georg Weerth** Fragment eines Romans **Franz Grillparzer** Der arme Spielmann **Eduard Mörike** Mozart auf der Reise nach Prag **Berthold Auerbach** Der Viereckig oder die amerikanische Kiste

ISBN 978-3-8430-1884-5, 444 Seiten, 29,80 €

Erzählungen aus dem Biedermeier II

Annette von Droste-Hülshoff Ledwina **Franz Grillparzer** Das Kloster bei Sendomir **Friedrich Hebbel** Schnock **Eduard Mörike** Der Schatz **Georg Weerth** Leben und Taten des berühmten Ritters Schnapphahnski **Jeremias Gotthelf** Das Erdbeerimareili **Berthold Auerbach** Lucifer

ISBN 978-3-8430-1885-2, 440 Seiten, 29,80 €

Erzählungen aus dem Biedermeier III

Eduard Mörike Lucie Gelmeroth **Annette von Droste-Hülshoff** Westfälische Schilderungen **Annette von Droste-Hülshoff** Bei uns zulande auf dem Lande **Berthold Auerbach** Brosi und Moni **Jeremias Gotthelf** Die schwarze Spinne **Friedrich Hebbel** Anna **Friedrich Hebbel** Die Kuh **Jeremias Gotthelf** Barthli der Korber **Berthold Auerbach** Barfüßele

ISBN 978-3-8430-1886-9, 452 Seiten, 29,80 €